ASINTOMÁTICA

Hugo García González & Mabel Cuesta (eds.)

ASINTOMÁTICA

Escrituras del encierro en tiempos de Coronavirus

De la presente edición, agosto de 2021

Editorial Hypermedia
www.editorialhypermedia.com
www.hypermediamagazine.com
hypermedia@editorialhypermedia.com

Edición: Ladislao Aguado
Maquetación y corrección: Editorial Hypermedia
Diseño de colección y portada: Herman Vega Vogeler

ISBN: 978-1-948517-68-3

INTRODUCCIÓN

… la vida nunca volverá a ser la misma… nunca regresaremos a la vida como era antes… la vida que conocimos nunca volverá… Una y otra vez los noticieros han repetido la alerta de que el Coronavirus-19 marcará un antes y un después en nuestra experiencia humana. Queda por preguntarnos ¿cuál será el alcance de tal advertencia? ¿Estarán las antologías literarias y/o los hábitos de lectura incluidos en esta premonición de las cadenas noticiosas?

Por lo que nos concierne ante estas páginas, digamos que en sentido general, las antologías literarias constituyen una especie de entidad inamovible con una solera que excede los dos milenios, como especie de institución universal que se constituye a partir de un eje que puede ser un género literario, un tema, un grupo demográfico, un personaje, una nación, una época… ese núcleo que excusa la convivencia de visiones y/o experiencias es una costumbre a la que nos han habituado a los lectores, desde que Meleagro de Gadara, en el siglo I d.C., juntara un grupo de poemas de diferentes autores en algo que él llamó precisamente *Antología* (en traducción al castellano), por una fusión de sustantivo y verbo —*anthos* (flor) y *legein* (escoger)—, para formar lo que se ha traducido como 'ramillete'. Desde entonces, el término 'antología' quedó como una forma de texto que —invariablemente— lleva implícito un sentido de selección en que la figura del antólogo se hace más o menos presente en la búsqueda de ese muestrario que permita consolidar ese 'ramillete'.

El texto que aquí presentamos es un intento de antología que, confesamos desde ya, desdeña la organicidad tradicional del eje central, pues se resiste a ser un texto sobre el Coronavirus-19. «Asintomática», más que el título mismo, es una condición de esta compilación indócil que planta cara a la pandemia desde muy diferentes posiciones y estrategias. Si los géneros literarios incluidos son varios, los temas lo son aún más: Temores, incertidumbre, desesperación, tristeza, preocupaciones, cuestionamientos, obsesiones y hasta indiferencias brotan desde la estrechez de la hendija que se abre entre la vida y la muerte, que es a la vez por donde surgen la esperanza de la recuperación, la vacunación, el control de la epidemia y el regreso a esa vida de antes, muy a pesar de las advertencias que ya se van agrupando en eso que llaman «la nueva normalidad». Las voces que forman este 'ramillete' son espigas de hierro forjado ante condiciones diferentes que le dan a este texto un peculiar tono heterogéneo.

Desde los inicios del proyecto mismo, nuestra única limitación fue la no limitación. Fue por ello que hicimos una convocatoria abierta, que navegó canales académicos y redes sociales, y que llegó a circular en España, Estados Unidos, Centro América y América del Sur. Entretanto la convocatoria tomaba vida propia, a nosotros nos ganaba la curiosidad por saber cómo se vivía la experiencia de la pandemia, más allá de la noticia cultivada para los medios masivos, en otras latitudes y bajo diferentes condiciones. Nosotros mismos, como antólogos, estábamos —y estamos—, en dos extremos opuestos de la geografía estadounidense —Texas y Washington—, diferencia que se hacía aún más marcada a partir de toda la problemática relacionada al Covid-19: aparición del virus en cada estado; reacciones de los gobiernos estatales; medidas administrativas tomadas o no; curvas de comportamiento de infección, recuperación y fallecimiento de los pacientes… entre otras. Entre nosotros mismos quedaban marcadas vivencias que tuvieron por fuerza que convertirse en intercambios comparativos. Entonces nos preguntábamos ¿cómo serían las vivencias de este cataclismo universal en otras regiones hispanoparlantes? La preocupación por lo literario nos surgió de manera automática. Sabiendo que la mano no termina en las yemas de los dedos y las uñas que le sirven de parasol, sino en el papel entintado que es donde los nervios desparraman su furia, nos preguntábamos ¿de qué manera estaría siendo este momento plasmado en la letra?

YA LO DIJO QUIEN LO DIJO… Y FUE MADONNA.

En un video que publicara Madonna en sus cuentas de Twitter e Instagram, el 22 de marzo de 2020, la diva del pop generó un nuevo escandalo mediático (¡sorpresa!) cuando apareció en el agua blanquecina de su bañera, en la que flotaban pétalos de rosas y también alguna que otra rosa intacta. Entre una hilera de velitas y una grifería de inspiración victoriana, aparece Madonna sentada en su bañera, casi completamente sumergida en el agua, desnuda y sin maquillaje aparente, mostrando la raíz del pelo naciente sin teñir… ¡Pero si no es rubia…! Ya se lamentarían algunos…

Con los brazos alrededor de las piernas encogidas, como quien agarra un madero a la deriva, y las rodillas cubriéndole el pecho, Madonna se presenta, más que desnuda, desprovista de todo el andamiaje del personaje de mujer fuerte que le ha costado décadas cultivar. El video está convenientemente tomado en contra picada, lo que la lleva a aparecer diminuta… hundida en su espacio íntimo y completamente sola. Esta que se nos presenta es la antítesis de la Madonna que conocemos del espectáculo, que ahora se mantiene mirando hacia abajo casi todo el tiempo, como en una revisión del yo y de sus móviles, y en un razonamiento acerca de nuestro desamparo ante el virus que se encaminaba entre el ritual místico y la plegaria. Solo en ocasiones eleva la vista a lo alto donde está la cámara, quizás para reafirmar que nos está hablando a cada uno en privado y a todos a la vez. Esta, que probablemente sea la imagen más frágil e indefensa que haya producido en video la famosa cantante, fue un momento de reflexión —a lo Madonna, es cierto—, pero relevante toda vez que el monólogo exalta la delicadeza de la condición humana, mientras que examina la relación entre el Coronavirus-19 y las clases sociales. Y aunque el video original ha sido eliminado de los medios en que apareció a la mitad de un domingo, cuando ya el terror de la pandemia se había apoderado de Asia y Europa y amenazaba seriamente las Américas, la desnudez de Madonna no apelaba a la sexualidad ni siquiera al género —no esta vez— sino que venía a establecer la medida visual de nuestras flaquezas ante el evento.

A falta de espectáculos y conciertos, cancelados ante la expansión del Covid-19, el discurso verbal y visual de Madonna en la bañera tuvo su momento más alto cuando la diva corta la tarde con una frase: «El gran ecualizador» (*the great equalizer*). Lo cual hace como quien intentara sumarse a una larga tradición de visiones que alertan sobre la temporalidad de la vanidad humana.

¿Y qué tiene que ver Madonna en todo esto si tampoco es esto una antología sobre ella?

Al divulgar el video, Madonna les daba a los medios de comunicación dos armas claves para una noticia con visos de escándalo: la extrema privacidad del contexto y la desnudez del cuerpo.

La primera de ellas era plenamente identificable para quienes ya, en muchas latitudes, nos habíamos visto forzados a vivir a puerta cerrada y estábamos reducidos a un espacio que nos costaba sobrellevar precisamente porque el virus nos condenaba a un claustro que, aún no siendo el del baño, estaba marcado por lo privado y por las privaciones. La desnudez, por demás, era una necesidad que sentíamos, aunque no fuera en el cuerpo, pero sí en algún territorio mucho más profundo... ¿Sería eso lo que llaman alma? Desde la imagen manida de la bañera con pétalos de rosas —que visualmente podría recordar alguna propaganda comercial de hoteles con promesas de inolvidable luna de miel— la desnudez de Madonna era nuestra propia falta de previsión, nuestra escasa memoria, nuestro (mal)entendimiento de la historia y, sobre todo, ponía en crisis nuestra mal fundada seguridad de vencedores anticipados en la batalla contra las fuerzas naturales. La desnudez del cuerpo húmedo vendría a evocar la blanduzca consistencia de nuestro caparazón ante el contraataque de ese universo microscópico que creemos dominar.

Madonna en su aparición, en medio de la crisis del Covid-19, se acercaba a los infinitos intentos de reflexionar sobre la relación del humano con las epidemias; un esfuerzo que ha tenido muchos puntos de partida que se marcaban en terrenos de la filosofía, la historia y la literatura. Si bien su famosa frase del gran ecualizador se refería a la imposibilidad de detener el avance del virus, independientemente de las posesiones materiales, la fama y las posibilidades creativas de cada sujeto, esa percepción de precariedad de todo andamiaje estamental en que Madonna inserta su frase, reactivaba en la memoria el laconismo de la novela *La peste*, de Albert Camüs, cuando sentencia que «ha habido en el mundo tantas pestes como guerras y, sin embargo, pestes y guerras toman a las gentes siempre desprevenidas». Por otro lado, la contundencia de la denominación —«el gran ecualizador»— se entroncaba perfectamente con nuestra convicción de que, ante la generalización de la pandemia y de sus efectos devastadores, debía existir una respuesta literaria más o menos proporcional. Desde el video de Madonna, superficial en apariencia, imaginamos que la desnudez debía estar siendo dibujada con la letra en otras bañeras con otras aguas. Bien sabíamos que las experiencias que conllevan a privaciones de espacio y movimiento, de aislamiento, soledad e incomunicación siempre suelen producir literatura. En la prisión, el destierro y el confinamiento médico, el video de Madonna se transforma en una necesidad imperiosa de desvestirse y crear en la página esa entidad confiable y aliada que Martí llamaba su «verso amigo».

Para poder mejor indagar acerca de las páginas que estarían siendo escritas ante las experiencias múltiples frente a la pandemia, decidimos explorar todos los posibles rincones de la geografía lingüística del castellano y también del spanglish y el espanglés. Nos propusimos llegar a esa zona privada donde la desnudez toma forma en la complicidad entre el sujeto escribiente y su texto. Nos planteamos indagar en esos cuerpos como trazos que de manera alfabética iban a flotar no en un agua lechosa sino sobre el blanco de la página. Fuimos en busca de la desnudez de una gama de experiencias que iban desde las más íntimas hasta las más públicas, todas ellas marcadas por la impotencia que provoca la incapacidad para dominar las fuerzas necesarias en este momento.

LA PRIMERA PANDEMIA VIRTUAL. *IN INTERNET WE TRUST*

El Coronavirus-19 aparece en un momento en que una oleada tecnológica ha arrasado con algunas de las categorías más antiguas: la verdad, la autenticidad, el espacio y la realidad. Estas se habían convertido, desde hacía tiempo, en bastiones asediados por *fake news*, *dating sites*, *cripto currencies*, *e-books*, *emojis*, *on-line shopping*, *social media*, avatares, y aplicaciones 3-D para reinventar fotos y videos. Y todo ello mientras las obras de arte creadas por inteligencia artificial son subastadas en Sotheby's y Christie's. Sobre estas arenas movedizas, el virus alcanza niveles de pandemia con una rapidez inusitada y llueven cifras y gráficos, y lugares de los que nunca habíamos escuchado. ¿Dónde quedará Wujan? El Coronavirus vino a redibujar nuestra relación con lo geográfico y ya nadie mencionaba «la ciudad de las luces» ni «la ciudad que nunca duerme»; el mapamundi resurgía como de un momento sombrío que evocaba un génesis cartográfico-epidemiológico. ¿Qué habría escrito Ítalo Calvino sobre estas otras ciudades invisibles? ¡Habría sido fenomenal atestiguar la reacción de Michel de Certeau en estas ciudades huérfanas de caminantes!

Fue por entonces que frotamos en un clic la lámpara maravillosa de Google Earth para que nos llevara a esos sitios nunca escuchados porque, aunque quisiéramos, no podríamos ir —no al menos a la manera de antes. ¡Nosotros, que ya habíamos aprendido a volar…! Resignados a ser las mismas criaturas terrestres, aunque ahora no teníamos que quedarnos a observar desde abajo la proeza del pájaro.

La misma ventana por la que vemos llover, se superponía a un palimpsesto de escotillas viajeras —unas vistas y otras imaginadas— en las paredes tubulares de un avión, en un camarote hundido al centro del Prinzessin Victoria Luise, en una fragata que pondría a flotar cajas de azúcar y viajeros y en una nao que cortara eterna la edulcorante bruma del tiempo. Desde allí sobrevolamos ciudades que se recuentan a sí mismas en números de contagio y defunción, y pudimos detenernos en momentos instantáneos recogidos por lentes de quienes nunca conoceremos, pero que nos dejaron decenas, cientos, de fotografías porque pudieron predecir que algún día querríamos visitar el famoso mercado de la ciudad asiática —del que muchos tampoco sabíamos ni habíamos visto—, y del que se rumora que saliera el virus. Ya quedaríamos abrumados, pero satisfecha la curiosidad humana de llegar a esa fuente primigenia de cada cosa, a veces sin poder discernir si la imagen pertenecía o no, pero convencidos, que es lo que cuenta. Y de ahí pudimos irnos a la plaza del Vaticano porque nos han dicho que está vacía, lo cual implica que siempre estuvo llena, y algún que otro pueblo de la Emilia-Romagna y de ahí a la Comunidad de Valencia donde han declarado toque de queda, y un clic más allá y estaríamos en una calle de Lavapiés, en Madrid, en la que el desespero comienza a desbordarse por las ventanas.

¿CÓMO HABRÍA SIDO NUESTRA EXPERIENCIA ANTE EL COVID-19 SIN LA EXISTENCIA DE LA INTERNET?

Esta vez ha sido la Internet la que se ha elevado a los altares y ha venido a reemplazar al tradicional culto a los famosos Catorce Santos Auxiliadores hacia los que buena parte de la población europea se volcaba, desde el Medioevo hasta el siglo XIX, cada vez que una epidemia se extendía por Europa. En el 2020 no fueron muchos los que se refugiaran en los santos Acacio, Blas y Catalina de Alejandría para encontrar el por qué de lo inexplicable; ya no hacía falta porque en Facebook, Twitter y Telegram se remontaban las teorías del murciélago, del laboratorio o del virus escapado de algún banco de enfermedades letales, explicaciones todas que lograron más que adeptos, feligreses. La sanación esta vez no fue encomendada al poder de Bárbara que domestica rayos, ni al gigante Cristóbal, ni a Ciriaco o Dionisio, ni al Jorge vencedor de dragones… Las peregrinaciones se dirigieron hacia territorios de YouTube, TikTok, QZone y Tumblr donde comulgaba el mundo en lecciones cocina y artes manuales para entretener y entretenerse. Erasmo, Eustaquio y Gil quedaron eclipsados por QQ, WeChat y Pinterest. El Pantaleón de los médicos y Margarita, protectora de la mujer en la enfermedad y el parto, fueron empujados por la fuerza de las imágenes de Instagram y Snapchat. Y los estremecimientos ya no fueron confiados a Vito sino a WhatsApp. Son tiempos de mucha impaciencia para esperar por milagros. Y así remontamos la ola microbiológica y la tecnológica y nos encaminamos por una ruta menos mística pero no menos ingeniosa. Hemos finalmente usado los productos de la razón para bruñir mitos y leyendas locales y continentales.

Entretanto, el teatro del mundo que anunciara Calderón de la Barca tomó nueva —y doble— connotación: pudo ser real y virtual a un mismo tiempo. Desde ese orificio rectangular que es la pantalla electrónica, y por el que se mira al mundo, muchos pudimos ver a otros que, desde los balcones, no de teatro sino de sus apartamentos, tuvieron la suerte de presenciar algún tenor vecino o alguna soprano cercana. A falta de posibilidades de actuación que imponía el cierre de todos los espectáculos públicos, aparecieron cantantes líricos, violinistas, clarinetistas y hasta pianistas de primera línea cuyas conjuras musicales pudieron exorcizar preocupaciones del barrio al menos por un tiempo. El epíteto de ese «gran ecualizador» traía una connotación menos fatídica en esas calles que fueron expuestas al experimento sensorial de un fragmento de concierto en versión para piano o de un área operática que nunca había retumbado en aquellos asfaltos. En las tardes de muchos barrios, la quietud de ciudades que parecían haber quedado anquilosadas en algún daguerrotipo temprano que alguna mano se atreviera a colorear, fue tajada por las notas altas de esa «tierra ensangrentada en tardes de toros» que es Granada. Otras veces, el «Nessun dorma», con su natural tono inquietante, se ataviaba con la luz rojiza de los atardeceres para cruzar el silencio de ese cuerpo urbano que parecía languidecer. Desde esos mismos balcones y ventanas, además de los cantantes, cada noche se daba un concierto de aplausos a esos otros que, aún no vistos en el escenario, como tramoyistas imprescindibles, se esforzaban en los hospitales, clínicas y demás servicios médicos para que ese teatro del mundo pudiera una vez más, en algún momento, volver a alzar su telón.

El 2 de abril de 2020, la versión digital de la revista *The Atlantic* publicaba un artículo titulado «Sí, hagan chistes del Coronavirus» («Yes, Make Coronavirus Jokes») donde se aclaraba a manera de justificante que «el humor nos ayuda a recobrar el control y a reconectarnos entre nosotros —dos aspectos que hemos perdido en nuestra lucha contra la pandemia» («Humor helps us take back control and connect—two things we have lost in our fight against the pandemic»). La publicación no traía noticia nueva, más bien venía a conciliar las valoraciones diferentes ante algo que ya estaba ocurriendo: un enorme despliegue satírico que venía en todas las maneras en que la tecnología electrónica actual permitía canalizar las burlas. Parte esencial de esta avalancha irreverente está formada por esa nueva especie que alguna vez tendrá una antología propia: los memes, que se convirtieron en pronunciamiento filosófico popular, donde el dicharachero de cada día se abre un nicho en el espacio virtual del mundo tecnológico. El meme vino a competir en popularidad con la fotografía y junto a él apareció esa otra especie dominante que es el video corto tomado desde el teléfono o en formato GIF sacado de algún filme o documental. Ante la cancelación de la Semana Santa en Sevilla, vimos un penitente completamente ataviado que paseaba su perrito y el morado intenso de su vestuario se recortaba frente a la soledad de una calle que pocas veces habría estado desierta. La competencia no se hizo esperar cuando la procesión de la Dolorosa apareció en un apartamento en el que la Virgen se movía regando lágrimas según la aspiradora robot en que iba montada iba limpiando el piso de losas. Hubo quien se sintió inclinado a correr toros imaginarios en el sótano de la casa porque el viaje a Pamplona debió ser cancelado. Y pasaron por las pantallas de teléfonos, tabletas y computadoras los carnavales de Venecia en un sofá que hacía de góndola, fiesta de cinco de mayo con una margarita —el coctel, no la flor— en la soledad de la casa y los bailes en solitario con sombrero, gafas y boa de arcoíris para exorcizar la desazón que traía que los *pride parades* no existieran en 2020.

En relación cercana con todas estas formas visuales, brotó un caudal de textos alfabéticos que puso el humor en la letra de poemas, narraciones, sentencias, frases y parodias de obras literarias de autores conocidos. Llegado un momento, la visión satírica que desbordó las redes sociales se apropió de los escenarios de la escasez —especialmente de productos de higiene personal y limpieza—, e invadió los espacios más privados. El doble sentido y otras muchas aproximaciones menos sutiles se ataviaron de referencias escatológicas para entrar en las casas y llegar hasta el fondo y, con la burlona picardía de un guasón, abrieron nuestros baños y expusieron nuestras desnudeces. El humor, en todas sus formas, como coincidiendo con la exhortación de *The Atlantic*, concertaba una relación con el virus que, al menos por momentos, nos hacía desatender la constancia de las cifras ascendentes y de las gráficas con curvas que no parecían conocer más que el ascenso. Un momento de gracia era una bocanada de aire sin miedo al centro de un fuego cruzado de comparaciones fatídicas entre continentes, entre los mundos primero y tercero, entre países, regiones, provincias, condados, ciudades, grupos demográficos, etnias, razas... Las chispas de humor salteadas por todo el mundo se interpusieron, aunque fuera solamente por momentos, entre nosotros y la constante ráfaga matemática de contagios, camas de hospital, muertes y, de vez en cuando, de pacientes recuperados.

Entretanto, los algoritmos, que no descansan, determinaron que 'pandemia' llegó a ser el vocablo castellano más tecleado en los buscadores de Internet. La Real Academia Española de la Lengua, por su parte, nos dejaba una lista de las palabras más socorridas a nivel mundial: asintomático, ca; distanciamiento; teletrabajo; virtual; cuarentena; y otra varias. La Asociación del Español Urgente seleccionó 'confinamiento' como palabra del año 2020. Nosotros, internautas medio extraviados en el espacio virtual, como si intentáramos ganarle al menos un peldaño a la mítica Torre de Babel, aprendimos un poco a entendernos, mientras cruzábamos el universo hispanohablante con la máscara, el tapaboca, la mascarilla, el barbijo, el cubreboca y el nasobuco que eran todos ellos el mismo escudo que llevábamos para defender nuestras vías respiratorias.

ESTA ANTOLOGÍA

Bien se sabe, como mencionamos en el inicio, que las limitaciones, los encierros de toda índole y la falta de libertades han generado desde siempre una producción literaria entre quienes llevan el oficio de escribir y más allá, pues los momentos de crisis catalizan el instinto literario de manera que rebasa el grupo que se auto considera letrado o escritor. En este caso, las redes sociales fueron un indicador temprano de que las defensas humanas frente al Coronavirus-19 no se limitaban al sistema inmunológico: también la creatividad literaria estaba jugando un papel importante en esta batalla.

La intención de esta compilación fue desde el inicio un intento de explorar lo que imaginábamos estaba ocurriendo. Y eso era que, a la par que aparecían en las redes sociales miles de referencias al Covid-19 y a las condiciones de vida que tuvimos que asumir, alguna literatura se habría de estar produciendo. En esos días de tensión en que el virus se propagaba y fue denominado 'pandemia', a nosotros nos surgía una preocupación paralela que nacía de ese otro instinto que es el de conservar, de dejar evidencia, generado por ese poco de historiador y/o archivero que llevamos dentro. Se imponía dejar alguna constancia de este episodio de crisis universal. Fue así como decidimos indagar en las posibles maneras que desde el texto escrito se negociaban las posiciones ante el virus en cualquier geografía hispanoparlante. Y tal como habíamos imaginado, eran ya muchos los que habían estado confiando sus preocupaciones a la página en blanco.

Los textos de esta antología comenzaron a llegar muy pronto, en medio de un momento caótico en el que la incertidumbre, la sorpresa, los temores, la incapacidad humana de luchar contra la enfermedad y la muerte, habían desplazado toda otra preocupación. Estas páginas son un ramillete de los diferentes grados en que los autores experimentan el contagio, los toques de queda, los aislamientos, las cuarentenas, la vigilancia y los permisos oficiales para salir de casa, la claustrofobia, las cancelaciones y demás elementos que han formado esta interrupción total de la experiencia vital. Y no faltan temas de orden político ante la incapacidad de gobiernos y sistemas leguleyos de generar estrategias lógicas, la politización de la pandemia —acaso la más politizada en la larga historia de las pandemias de la Humanidad—, y el acomodo conveniente del Covid-19 para satisfacer aviesos intereses políticos.

Las piezas que aquí presentamos no son invenciones de literatos capaces de imaginar mundos; el año 2020 no nos ha dejado mundos que imaginar. Se trata mejor de un conjunto de descargas de lumbre que formaron palabras y frases de trazos chamuscados sobre la página.

Resulta interesante, sin embargo, que de los poemas, crónicas, cuentos y obras de teatro que recibimos para conformar esta antología, ninguno sea de corte satírico. Ante la enorme producción de trabajos con delirantes toques de humor que hemos visto cruzar por el espacio virtual, la no existencia de un solo texto que de alguna manera se encamine aquí por esa vía debe tener alguna explicación. ¿Será que la literatura sobre la pandemia que se produjo con intenciones de publicación estaba ya marcada por un mapa anterior, configurado por decenas de novelas que exploran los temas de las calamidades sanitarias (la peste *et al*) del Medioevo hasta ahora?

Sabemos por artículos de diarios y cadenas noticiosas que a través de la Internet se dispararon las ventas de obras literarias que abordan las epidemias. Sin importar dónde fueron escritas ni el idioma original, las ventas de obras de temas apocalípticos y que toman como eje una pandemia, real o ficticia, generaron un gran movimiento en el mercado literario. Entre los títulos más vendidos aparecen *El amor en los tiempos del cólera*, de Gabriel García Márquez; *Los que duermen en el polvo*, de Horacio Convertini; *La peste escarlata*, de Jack London; *Ensayo sobre la ceguera*, de José Saramago; *La danza de la muerte*, de Stephen King; *Distancia de rescate*, de Samanta Scheweblin; *Diario del año de la peste*, de Daniel Defoe; *Los días de la peste*, de Edmundo Paz Soldán; *La tierra permanece*, de George R. Stewart y la misma novela *La peste*, de Albert Camus, que antes hemos mencionado. Todas estas piezas literarias se acercan a las pandemias y los cataclismos como versiones de diferentes maneras de ocurrencia del apocalipsis que no dejan espacio a la mirada socarrona. Ellas podrían haber funcionado como modelos conscientes o inconscientes. No obstante, el intelecto, que también es débil ante las tentaciones, nos lleva a cuestionar un poco más allá. Todo indica a que la gravedad del tema que se trata y la relación calendárica que superpone el momento de la pandemia y el de la escritura, generan una incompatibilidad con el lenguaje satírico. Asociada, como ningún otro lenguaje literario, a la reacción que genera —la risa—, la sátira ha sido eternamente asociada a la diversión y lo festivo. Y en términos de publicaciones, trae toda una tradición de quedar circunscrita a ese rincón entretenido de los diarios y las revistas que en España y América Latina —desde al menos el siglo XIX— quedaran cubiertas por narrativas costumbristas y críticas visuales de tono caricaturesco.

La gravedad del Covid-19 no alcanza a dar espacio a la risa y los acercamientos satíricos parecen otra vez relegados a un espacio marcado por lo informal que ahora nos llega como plataformas de los medios sociales. Si así fuera, estaríamos posiblemente ante lo único que no tocó el Covid-19: la jerarquía de los lenguajes literarios.

La observación de la sátira, o de su no existencia en este texto, es una reflexión de corte general que rebasa esta antología. La ausencia de acercamiento satírico en nada mella la calidad y honestidad de los textos que aquí se recogen. Cada una de las piezas literarias que aparecen en esta antología, constituye un grito ante las incertidumbres y los desesperos propios. Cada uno de los trazos de la letra lleva algo de ese intento por desviar el cauce de las curvas de los gráficos y restarles aliento a las estadísticas. Estas páginas están cosidas por el capricho de la resistencia humana, de la necesidad de salvar y salvarse ante un enemigo desconocido e invisible. Todas y cada una de estas piezas literarias, ofrecen una robusta justificación para el uso del término 'resiliencia' que oficialmente ha entrado, y en buena hora, en la lengua castellana.

Otro dato importante es que, aunque no conseguimos dejar registro de todas y cada una de las naciones iberoamericanas e hispano caribeñas (naciones imaginadas que incluyen también a los Estados Unidos); al menos nos satisface presentar un mapa alternativo de regiones y sicosocialidades que el lector sabrá intuitivamente desvelar.

Nos interesaba pensar el desmantelamiento y disrupción que el virus creara en nuestras «vidas desnudas» —siguiendo así aquella noción creada por el filósofo Giorgio Agamben, donde dicha «vida desnuda» se define como la vida que está en relación con la violencia soberana y que es así proclamada «vida sagrada»— pero también y sobre todo el cómo los gobiernos y sus dinámicas de poder desafiaban, controlaban o descuidaban los límites del ser viviente, ahora amenazado.

Y en relación con esa ambición anticipada cuando imaginábamos el proyecto, creo que tuvimos éxito. Algunas piezas nos llegaron desde España, Perú, México, Cuba, Chile, Puerto Rico, Colombia y otras desde Estados Unidos. Sin embargo, todas quedan aunadas por la exposición de una relación muy íntima con la lengua española. Lengua que una vez más se reveló como riquísima en variantes, giros lexicales, prestamos y tanteos proscritos por la Academia. Lengua que fue vehículo para desde su afinada polifonía ayudarnos a pensar en la amenaza y consecuencias del virus desde un enfoque global (otra vez el «equalizer» de Madonna) y también desde un territorio que no es exactamente aquel en donde se encontrara localizado el escritor o escritora.

Pensando en nuestra propia experiencia como editores cubanos en Estados Unidos, bien podríamos decir que otros autores a quienes las alertas pandémicas sobre el virus y sus consecuentes medidas de mitigación les sorprendieron lejos de casa, al escribir lo hicieron con un pie y el alma ansiosa puesta en aquel sitio en donde estuvieran sus mayores o sus descendientes. Y esa es sola una combinación de las muchas posibles. Si como decíamos en las páginas anteriores, la Internet fue nuestro manto de protección y consuelo, fue también nuestra daga. Y es que al atiborrarnos de información nos ha condenado a largas crisis de ansiedad y temor.

Queda, en fin, esperar que el mosaico de experiencias puestas en clave literaria que aquí les presentamos sirva como documento que una vez leído y archivado en bibliotecas, discos duros y nubes de datos pueda también funcionar como texto útil al potencial y futuro lector que no vivió estos tiempos. Antología-juguete. Antología-regalo. Antología-recuerdo. Sobre todo esto último: «recuerdo»; palabra que apelando a su etimología latina no es otra cosa que un modo de decir que volverás a vivir (ojalá solo en la pasión que traen las ficciones) lo que una vez grabara el corazón.

Hugo García González (Western Washington University)
Mabel Cuesta (University of Houston)

Tomás Afán Muñoz

EL GRUPO (DE WHATSAPP)

PERSONAJES:

Mamá de Iván.
Mamá de Clara.
Papá de Álvaro.
Mamá de Lucía.
Papá de Andrea.
Mamá de Andrea.

PAPÁ DE ANDREA. *(Ha compartido un archivo)*

PAPÁ DE ANDREA. Este artículo de prensa dice verdades como puños. Os aconsejo que lo leáis. Saludos a todos.

PAPÁ DE ÁLVARO. *(Emoticono de aplauso)*

MAMÁ DE IVÁN. *(Emoticono de sorpresa)*

MAMÁ DE CLARA. *(Emoticono de enfado)*

MAMÁ DE IVÁN. Perdonad, pero creo que la publicación anterior (el artículo de prensa) no es adecuada.

MAMÁ DE CLARA. Estoy de acuerdo.

MAMÁ DE IVÁN. Rogaría su eliminación.

PAPÁ DE ÁLVARO. Siempre nos estás censurando.

MAMÁ DE IVÁN. ¿Por qué dices eso? No es una publicación tuya.

PAPÁ DE ÁLVARO. A mí me obligaste, ayer mismo, a borrar otra publicación.

MAMÁ DE IVÁN. Si no recuerdo mal era un anuncio sobre prestamos a empresas.

PAPÁ DE ÁLVARO. Por si alguien está interesado en un prestamo para su empresa con un presupuesto imbatible, todavía está la oferta en vigor.

MAMÁ DE IVÁN. Por favor, te ruego que no hagas mas publicidad. No es adecuado.

MAMÁ DE CLARA. Estoy de acuerdo.

PAPÁ DE ÁLVARO. Tengo que ganarme la vida para poder costear las facturas del colegio. Por eso, sí es adecuado.

MAMÁ DE LUCÍA. Ah, ¿estás en una mala situación económica? Cuéntanos.

MAMÁ DE IVÁN. Como se ponga, todo el mundo, a ofrecer publicidad de su empresa, esto es un desmadre.

PAPÁ DE ÁLVARO. No todo el mundo ofrece condiciones tan ventajosas.

MAMÁ DE CLARA. ¡Madre mía! Un poco pesado ¿no?

PAPÁ DE ÁLVARO. He enviado el mismo anuncio a todos mis contactos de WhatsApp y nadie me lo ha hecho quitar. Tras el confinamiento habrá muchas empresas que necesiten un prestamo a bajísimo interés como el que yo ofrezco. Podéis contactar conmigo por privado, si os ha picado la curiosidad, las condiciones son insuperables.

MAMÁ DE IVÁN. Este es un grupo para que las mamás y los papás de alumnos del aula de 5 años C, hagan seguimiento de las tareas online de sus peques, no me parece bien incluir publicidad.

MAMÁ DE CLARA. Ni tampoco artículos de prensa como el que acaba de publicar el papá de Andrea.
Hola.
¿Estás ahí?
¿Puedes borrarlo?

PAPÁ DE ANDREA. No quería entrar a pelearme contigo, no es mi estilo, pero hasta que no me hagas bajar a la arena no vas a parar ¿verdad?

MAMÁ DE CLARA. No te hagas el ofendidito. Tu artículo es, claramente, una provocación.

PAPÁ DE ANDREA. Es un artículo de opinión, sin más. Y bastante objetivo, por cierto.

MAMÁ DE CLARA. «Los 10 errores del gobierno en la pandemia que nos condenan a muerte a todos los españoles», ¿te parece objetivo?

PAPÁ DE ANDREA. ¿Lo has leído? Aporta datos irrefutables del genocidio del que estamos siendo víctimas.

MAMÁ DE IVÁN. Sin entrar a valorar el contenido ¿lo crees adecuado para un grupo escolar?

PAPÁ DE ANDREA. Por supuesto, la mala gestión de la epidemia también provoca víctimas infantiles.

MAMÁ DE IVÁN. Mis niños lo están pasando mal psicológicamente, no hay que asustarlos más.

MAMÁ DE LUCÍA. ¿Lo están pasando mal tus peques? Pobres ¿qué les pasa?

MAMÁ DE IVÁN. Por favor os pido que no compartáis este tipo de publicaciones que no responden al espíritu del grupo. Vamos a dejarnos de política. Esto es un grupo destinado exclusivamente a asuntos educativos.

MAMÁ DE CLARA. Si yo continúo aquí es para recibir las tareas escolares diarias de mi niño.

MAMÁ DE LUCÍA. Por cierto, demasiadas tareas ¿no creéis?

PAPÁ DE ANDREA. Sí, mi niña no tiene tiempo para jugar. Son niños de 5 años y tienen más tareas que un universitario.

MAMÁ DE CLARA. Y yo tengo que estar todo el día supervisando.

PAPÁ DE ANDREA. Los padres tenemos derecho a un respiro.

MAMÁ DE LUCÍA. Pobre. ¿Estás muy liado?

MAMÁ DE IVÁN. Me consta que la seño Ainhoa se ve obligada a mandar ese volumen de tareas porque le obligan desde la Delegación.

PAPÁ DE ANDREA. El puto Gobierno quiere, también, esclavizar a los niños.

MAMÁ DE CLARA. Perdona, pero la Delegación depende de la Junta Autonómica que es del signo contrario, políticamente.

MAMÁ DE IVÁN. Este no es un grupo sobre política.

PAPÁ DE ANDREA. Todo es política. Piénsalo un poco.

MAMÁ DE IVÁN. Ni tampoco sobre filosofía. Este grupo es para el desarrollo educativo de nuestros hijos.

PAPÁ DE ANDREA. En la noticia que he compartido, precisamente, se recoge, también, la falta de criterio de nuestro gobierno para reiniciar el curso escolar.

MAMÁ DE CLARA. Está sesgado ideológicamente.

PAPÁ DE ANDREA. ¿Por qué? ¿Por que no coincide con lo que dicta el Comité Central de tu partido?

MAMÁ DE CLARA. Porque tiene un tufo ultraderechista que apesta.

PAPÁ DE ANDREA. ¿Por qué tienes tanto interés en justificar a un gobierno asesino?

MAMÁ DE CLARA. ¿Quieres que te diga lo que pienso de ti?

PAPÁ DE ANDREA. Estoy deseando y así yo podré decirte qué clase de persona eres.

MAMÁ DE CLARA. *(Este mensaje ha sido eliminado)*

PAPÁ DE ANDREA. *(Este mensaje ha sido eliminado)*

MAMÁ DE IVÁN. ¡Basta!

PAPÁ DE ANDREA. Te has pasado. Borra ese insulto.

MAMÁ DE CLARA. Tú has empezado.

MAMÁ DE IVÁN. Por favor, evitar ese lenguaje. Esto lo pueden ver los niños.

MAMÁ DE LUCÍA. Sí, tenemos que darles ejemplo.

MAMÁ DE IVÁN. Borradlo, los dos, por favor.

MAMÁ DE CLARA. Está bien.

PAPÁ DE ANDREA. Vale.

MAMÁ DE CLARA. Hecho.

PAPÁ DE ANDREA. ¿Contentas?

MAMÁ DE IVÁN. Mejor. Gracias.

PAPÁ DE ANDREA. Pero que conste que no estoy de acuerdo con vuestra censura, estamos echando a perder la sociedad que heredaran nuestros hijos, y esto les concierne a ellos tanto o más que a nosotros.

MAMÁ DE CLARA. Cállate, fascista.

PAPÁ DE ANDREA. Roja de mierda.

MAMÁ DE IVÁN. Otra vez no, por favor.

PAPÁ DE ANDREA. Me provoca.

MAMÁ DE CLARA. Ha empezado él.

MAMÁ DE IVÁN. Os pido que mantengamos las formas, porque en unos meses, espero, nos vamos a ver en la puerta el colegio a la hora de recoger a los niños y nos arrepentiremos de este tipo de publicaciones.

PAPÁ DE ANDREA. Si este gobierno permanece en el poder, tardaremos años en volver a la puerta del colegio.

MAMÁ DE CLARA. Menudo imbécil.

PAPÁ DE ANDREA. No tienes argumentos, por eso insultas.

MAMÁ DE ANDREA. La madre de Clara tiene razón, eres un imbécil y un padre horroroso.

PAPÁ DE ANDREA. ¡Qué bien! ¡La que faltaba! ¿De dónde has salido tú?

MAMÁ DE ANDREA. Estoy en este grupo y tengo derecho a hablar como todo el mundo. Y no puedo aguantar las ganas de decir que eres un bocazas que busca pelea publicando artículos de mierda.

PAPÁ DE ANDREA. Solo intento colaborar en la educación de mi hija. No te metas en lo que no te importa.

MAMÁ DE ANDREA. Claro que me importa. También es mi hija.

PAPÁ DE ANDREA. Es tu hija, por ahora. Pero cuando litiguemos por la custodia, espero que eso cambie.

MAMÁ DE ANDREA. No me amenaces, hijo de puta.

MAMÁ DE IVÁN. Perdonad pero…

MAMÁ DE ANDREA. No pienso eliminarlo.

MAMÁ DE CLARA. ¡Madre mía!

MAMÁ DE LUCÍA. Entonces, por lo que deduzco, ¿vosotros dos estáis otra vez separados?

PAPÁ DE ANDREA. Qué observadora.

MAMÁ DE LUCÍA. A ver cuánto os dura

MAMÁ DE ANDREA. Esta vez va a ser la ruptura definitiva.

MAMÁ DE LUCÍA. ¿Ah sí?

MAMÁ DE ANDREA. No me va a volver a convencer de que lo intentemos de nuevo. Lo juro.

MAMÁ DE LUCÍA. Siempre dicen lo mismo…

PAPÁ DE ÁLVARO. ¿Habéis iniciado los trámites de divorcio?

MAMÁ DE ANDREA. En cuanto nos dejen salir de casa va a ser mi prioridad número uno.

PAPÁ DE ÁLVARO. Desde mi bufete podemos iniciar los trámites online y con un presupuesto imbatible.

PAPÁ DE ANDREA. Tú no te metas, capullo.

MAMÁ DE CLARA. Menudo impresentable.

PAPÁ DE ANDREA. Cállate hippy de mierda.

(La mamá de Clara se ha salido del grupo)

MAMÁ DE LUCÍA. Otra que se marcha.

MAMÁ DE IVÁN. Solo quedamos nosotros 5. De 25 niños que hay en la clase, ya solamente quedamos 5 padres en el grupo de WhatsApp. ¿No os da que pensar?

PAPÁ DE ANDREA. Si no fueras tan censora.

MAMÁ DE IVÁN. Es por culpa de vuestras publicaciones. Una cotilleando siempre.

MAMÁ DE LUCÍA. ¿Ah sí? ¿Quién? Cuenta, cuenta, soy toda oídos.

MAMÁ DE IVÁN. Otro, tratando de vender sus productos.

PAPÁ DE ÁLVARO. Aprovecho para comentar que, si alguien desea recibir el catálogo completo, no tiene más que decirlo.

MAMÁ DE IVÁN. Y la pareja tirándose los trastos a la cabeza en público.

MAMÁ DE ANDREA. Por culpa del capullo este.

PAPÁ DE ANDREA. Si no fueras una histérica.

MAMÁ DE IVÁN. Yo no sé por qué sigo aquí.

PAPÁ DE ANDREA. Porque te encanta echarnos broncas todo el tiempo.

MAMÁ DE ANDREA. Y presumir de hijo superdotado.

MAMÁ DE LUCÍA. ¿Ah sí? ¿Qué coeficiente intelectual tiene? No me habías dicho nada.

MAMÁ DE ANDREA. Pero si se lo ha contado a todo el mundo, es una pesada.

PAPÁ DE ANDREA. Vaya mierda de grupo de WhatsApp.

MAMÁ DE IVÁN. Por favor, no cuesta tanto evitar las palabras malsonantes. Tened en cuenta que esto lo miran los peques para copiar sus tareas.

PAPÁ DE ANDREA. ¿Y qué más da?

MAMÁ DE ANDREA. Si no lo entienden.

PAPÁ DE ANDREA. No saben leer.

MAMÁ DE IVÁN. ¿Ah, los vuestros aun no...? Pues, aunque algunos y algunas peques veo que andan un poco atrasadas, mi niño lee desde hace tiempo, con bastante fluidez. Por eso insisto en cuidar el tono de las publicaciones.

MADRE DE ANDREA. ¿Qué quieres decir con «algunas van atrasadas»?

MAMÁ DE IVÁN. Nada. *(Carita sonriente)*

MADRE DE ANDREA. Mi niña va haciendo progresos, pero cada niño tiene su ritmo de aprendizaje.

MAMÁ DE IVÁN. Y me alegra saber que no os sentís inferiores por eso.

MAMÁ DE ANDREA. Eres una clasista.

PAPÁ DE ANDREA. Se siente superior.

MAMÁ DE IVÁN. Me preocupa mucho la educación de mi hijo y le dedico todo el tiempo que haga falta. Es mi prioridad.

MAMÁ DE ANDREA. Insinúas que a nosotros no nos preocupa nuestro hijo.

MAMÁ DE IVÁN. Tú sabrás.

PAPÁ DE ANDREA. No le hagas caso, cariño. Es una amargada.

MAMÁ DE ANDREA. Tienes razón, además ni siquiera es la moderadora de este grupo, no sé por qué tiene que censurarte el artículo la muy puta.

(La mamá de Iván se ha salido del grupo)

PAPÁ DE ANDREA. Te echo de menos.

MAMÁ DE ANDREA. Y yo, y la peque, tenemos muchas ganas de verte

MAMÁ DE LUCÍA. ¿Veis? Ya están reconciliados otra vez.

MAMÁ DE ANDREA. Y a ti qué te importa.

PAPÁ DE ANDREA. Cómprate una vida.

MAMÁ DE LUCÍA. Dais asco, no tenéis palabra.

(Mamá de Andrea se ha salido del grupo)
(Papá de Andrea se ha salido del grupo)

MAMÁ DE LUCÍA. Bueno, estamos tú y yo solos en el grupo.

PAPÁ DE ÁLVARO. Sí.

MAMÁ DE LUCÍA. Cuéntame algo interesante.

PAPÁ DE ÁLVARO. Mi vida es aburrida, y en fin desde que nos confinaron estoy completamente volcado con las ventas *online*, por cierto ¿te puedo hablar de los maravillosos productos que comercializo?

MAMÁ DE LUCÍA. Preferiría hablar de algo más...personal...

PAPÁ DE ÁLVARO. ¿Personal?

MAMÁ DE LUCÍA. Sí. Sentimientos... ya sabes...

PAPÁ DE ÁLVARO. No sé que decir. Di tú algo.

MAMA DE LUCÍA. Pues...yo... me siento sola... y triste...

PAPÁ DE ÁLVARO. ¿Ah sí? Necesitas revitalizar tu vida sexual.

MAMÁ DE LUCÍA. ¿Eso es una proposición? *(Carita sonriente)*

PAPÁ DE ÁLVARO. Por supuesto. Te propongo un vibrador maravilloso que te va a cambiar la vida. Y a un precio imbatible.

MAMÁ DE LUCÍA. Oh, Dios.

PAPÁ DE ÁLVARO. ¿Qué me dices?

MAMÁ DE LUCÍA. Puajj, qué angustia vital.

PAPÁ DE ÁLVARO. ¿Sí? ¿Te sientes mal? Pues, así entre tú y yo, como ya no queda nadie más en el grupo, te puedo mandar sustancias narcóticas que te devolverán la alegría de vivir, mierda de primera. Servicio a domicilio discreto y profesional, ya me entiendes.

(Mamá de Lucía ha salido del grupo)

PAPÁ DE ÁLVARO. ¡Pues jódete! ¡Joderos todos!
Vosotros os lo perdéis. Gentuza.
Estoy mejor solo. ¿Hola?
Hola.

¿Hola?
Hola.
¿Hola?
Hola.
¡Ufffffff!

(Papá de Álvaro ha salido del grupo)
(Oscuro)

Mercedes Alvarado

LES HABLO DESDE EL EXTERIOR

les hablo desde el exterior:

las jacarandas cayeron
como cada año
los barrenderos barrieron
cada noche

esta primavera el espectáculo
se privatizó

❧

en la tercera semana revoloteó
un pájaro entre las ramas de la higuera

en la quinta semana
el mismo pájaro
se detuvo sobre la buganvilia

❧

trece pasadores:
mi cabeza cerrada en un chongo

el cabello es una posibilidad:
          contagio
el contagio es una posibilidad:
          muerte

hay que cerrar
las puertas
los brazos
el tiempo

hay que cerrar
la vida

(ellos no saben que el cabello
es otra posibilidad:
          viento)

❧

en la semana dieciocho
tres pájaros

cantan
beben
vuelan

ya estaban aquí
ahora nosotros tenemos ojos
y los miramos.

❧

los trastos
y el tiempo
se apilan

un orden asimétrico
y estático

casi creería que hay un ritmo
casi
entre el intervalo
de las sirenas
y el silencio

❧

les hablo desde el exterior:

las jacarandas volvieron a su verdor
los agapandos florecieron:
        un metro de alto
        cuarenta centímetros de diámetro

la vida crece
aún más
cuando no se le mira de fijo

❧

les hablo desde el interior:

la ciudad ya no me habita
dejé a los pájaros cantar
mi casa me creció hacia dentro.

Verónica Aranda

TRÍPTICO DEL CONFINAMIENTO

I

Han cerrado los parques
y un amigo dibuja petirrojos.
Por fin, la primavera
transcurre sin testigos.
La floración se aísla
en su propio pulmón
y cada rama esquiva la febrícula.

Rozamos con las yemas un letargo
tan huérfano de circos.
En su silencio denso,
las cosechas bifurcan
cualquier acceso al mar.

II

Pequeñas variaciones en el día:
desplazar un jarrón, tender las sábanas
a merced del granizo,
cantar un tango estático.

Rescatamos postales
y en su envés aparece
más de una predicción,
más de un paisaje de álamos
que va quedando lejos.

III

Hibernar, dormitar,
desaprender saludos,
ignorar la intemperie,
y cada lengua clásica.

Gritamos *madriguera,*
refugio, provisiones,
amasamos el miedo
y nuestro propio pan.

No hay puertas entornadas;
ya no cortamos leña
ni bajamos al río.
Solo el cuerpo y sus límites
bajo cuatro cerrojos
y jabones de Alepo.
Solo la fe a la cúrcuma
y a las raspaduras de jengibre.

En un salón con vistas,
pensamos en los monjes amanuenses
que se inclinaban sobre el manuscrito.

Lisette Balabarca Fataccioli

PANDEMÓNIUM

Come on, come on, come on, get through it.
Blur

Lo que el Quim y yo vivimos ese verano no lo olvidaré jamás.

Hacía dos años y dieciséis días que nos habíamos mudado juntos, lo recordaba exacto porque fue un primero de mes dos años atrás y cuando todo empezó estábamos a diecisiete. Hasta ese momento la convivencia había funcionado bastante bien y ni imaginábamos que nuestras vidas cambiarían drásticamente con la irrupción de un virus con aspecto de pompón.

Cuando la noticia comenzó a circular por redes pasó casi desapercibida, por lo que al principio a nadie se le ocurrió que esa enfermedad lejana terminaría traspasando fronteras, se instalaría entre nosotros y destruiría los cuerpos de los más débiles. Los planes para las vacaciones de medio año los tuvimos que cancelar, resistiéndonos hasta el final a la idea de renunciar a esa tregua placentera que aliviaba el caos en el que nos tenían la chamba y el vivir en un país que nos acogía, pero al que sentíamos que no pertenecíamos.

Con el virus nuestros empleos pasaron a convertirse en encuentros remotos a través de una pantalla, una cámara de video y un micrófono. Casi de golpe, tuvimos que acostumbrarnos a la vida en el encierro y a permanecer conectados a internet, el único medio de comunicación, de distracción y, las más de las veces, de angustia debido a los alarmantes reportes que llegaban sobre la enfermedad.

Al Quim se le iba la mañana revisando planos y haciendo cálculos matemáticos para la empresa en la que trabajaba y por la tarde se reunía con el jefe y los compañeros a tomar decisiones, cerrar proyectos o discutir estrategias de productividad en tiempos de pandemia. Mi rutina transcurría entre clases y reuniones con alumnos y colegas o corrigiendo una pila virtual de exámenes, ensayos y foros de discusión. Al llegar la noche estábamos tan exhaustos que solo queríamos cenar e irnos a la cama, pero nos ganaba la ilusión de un horario sin límites y nos quedábamos hasta la madrugada leyendo o viendo temporadas enteras de series online.

Debió haber sido hacia la segunda semana de cuarentena, día doce más o menos, cuando empecé a ver muertos. Bueno, empecé es un poco un decir porque aprendí a verlos cuando era adolescente y mi abuelo me enseñó.

Esa tarde, después del almuerzo, salí a caminar para despejar un poco la cabeza y, sobre todo, la vista tras una mañana larga de reuniones virtuales. Frente a nuestro edificio teníamos un parque enorme, lleno de plantas exóticas y flores diversas, por el que nos gustaba (a mí más que al Quim, la verdad) pasear durante la primavera, cuando el frío no era tan desalmado con nuestros pobres cuerpos sureños, o en las cortas semanas del verano. A pesar del confinamiento, se nos permitía salir a andar máximo veinte minutos, siempre que fuéramos solos, con la mascarilla puesta y respetando los dos metros de distancia entre unos y otros.

Estaba por el lado de las magnolias cuando vi delante de mí al vecino del 503, un viejito viudo que vivía solo y que al que le gustaba vestirse con una camisa azul fosforescente muy chistosa. La fuerza de la costumbre más las dos semanas de encierro me impulsaron a saludarlo efusivamente. Alcé la voz intentando superar la distancia que nos separaba, así como la barrera de la mascarilla. El anciano se detuvo, giró la cabeza, me miró por un segundo, se dio la vuelta y siguió su camino. Pensé que tal vez no me habría escuchado y lo volví a llamar, pero no me respondió, continuó ignorándome hasta perderse por entre unos arbustos. Me pareció extraño, solía ser una persona bastante amable en su trato con nosotros, así que, dadas las circunstancias, supuse que no querría entablar conversación o que quizás ni siquiera me había reconocido detrás de aquella funda de tela que me cubría más de media cara.

Durante la cena se lo conté al Quim:

—Te has confundido de persona.

Mi compañero no se caracterizaba precisamente por su locuacidad, pero aun así, me llamó la atención su respuesta tan tajante.

—No, era él.

—No pudo haber sido él.

—¿Por qué no? Te juro que era él, Quim. Cuando volteó la cabeza y me miró, lo confirmé, hasta llevaba la camisa fosforescente.

—Pues no, te has equivocado, Ursu.

—No, no me he equivocado, era el señor del 503. No te entiendo, ¿no me crees?

Me empezaba a cansar ese diálogo que no iba a ningún lado cuando, levantando el celular de encima de la mesa, abrió su correo y me lo mostró.

—El vecino del 503 se murió anoche, Ursi. El virus lo cogió hace dos semanas y lo tuvieron internado desde el lunes. Pobre, no sobrevivió. El casero nos envió un mail, mira.

Era verdad, el mensaje lo decía. El anciano había fallecido víctima de la epidemia y se recomendaba que los inquilinos se mantuvieran en sus casas mientras el hospital terminaba de rastrear a quienes habían tenido contacto con él en los últimos quince días.

En ese momento quise creer que lo que tanto me había porfiado el Quim era cierto, que me había confundido de persona, que quizás el estrés del encierro, el uso de la mascarilla y la ansiedad que me producía salir a la calle en plena pandemia habían contribuido a imaginarme un rostro, un cuerpo, un modo de andar y una ropa que no eran los suyos, pero algo muy dentro de mí me decía que el equivocado era él.

Unas semanas después, cuando estábamos en el súper, me puse a buscar duraznos en almíbar en el pasillo de los enlatados mientras el Quim, al otro extremo del almacén, se aprovisionaba de la cantidad necesaria de alcohol para sobrellevar el encierro. Ya había colocado las conservas en el carrito cuando, de repente, noté que, parada al lado mío, estaba Elvira, su compañera de trabajo. Tan solo ver su rostro por unos segundos y sentirla caminar por mi costado, casi rozándome pero sin mirarme, fueron suficientes para reconocer que mi precoz habilidad para ver difuntos había regresado, a los cuarenta y en cuarentena. La pobre Elvira, al igual que mi vecino, había sucumbido al virus hacía poco. Solo unos días antes habíamos asistido al homenaje virtual que le rindieron sus colegas de la compañía.

Lo comenté durante el almuerzo y esta vez al Quim no le quedó más remedio que creerme:

—Siempre supe que tenías algo de bruja.

—Pero si no es brujería, Quim. Cualquiera lo puede hacer, es solo cuestión de entrenamiento. Lo que no entiendo es cómo así me volvió. Igual es por la pandemia...

Una noche se me ocurrió preguntarle, medio en broma, medio en serio, si no querría que le enseñara a verlos. Su respuesta no me sorprendió. Si algo conocía yo de mi compañero era que entre las cosas que más le asustaban estaban, en ese orden, las historias sobrenaturales, los espacios cerrados y las cucarachas.

—Ahí nomás, Ursita, prefiero verlos a través de tus ojos.

A medida que pasaban las semanas el número de contagios y de muertes aumentaba y yo veía cada vez más gente. Asomada a la ventana del comedor, contemplaba las calles vacías y a los muertos deambulando como autómatas. Había aprendido a distinguirlos ya por los ojos ausentes, el andar sin rumbo y la sensación de que ya no estaban más, como que ya no eran. Algunas veces me los encontraba al regresar de mis paseos por el parque, de pie al lado de la camioneta negra que venía a recoger los cadáveres de los edificios vecinos, y otras los sorprendía siguiéndola, caminando despacio detrás de ella, como si, todavía aferrados a la vida, trataran de recuperar sus cuerpos inertes.

Así como la de los muertos que yo veía, el protocolo de infecciones suponía también una ruta triste. Una vez que los síntomas se presentaban no era aconsejable acudir a los hospitales. Por un lado, se evitaba que la enfermedad se esparciera y, por otro, permitía reservar el uso de camas, cada vez más escasas, y de personal médico para los casos graves: aquellos en los que la saturación de oxígeno se había reducido considerablemente, la desorientación espacio-temporal era excesiva o, ya de plano, el avance del virus había hecho colapsar a las víctimas en mitad de la calle. Toda la situación se desarrollaba de forma irreal, pero sobre todo perversa y cruel pues los enfermos fallecían solos, ya fuera en sus casas o en los fríos pabellones de una UCI, siempre aislados en una habitación a la que nadie debía entrar.

El Quim y yo nos cuidábamos un montón, solo salíamos a hacer la compra quincenalmente y a caminar un día sí, un día no. En todas esas ocasiones me cruzaba con los difuntos, aunque ellos jamás me hablaban. El abuelo decía que era muy raro que los muertos se comunicaran con quienes los veían, pues lo único que buscaban era recorrer sus pasos y despedirse de sus deudos. Saber eso me aliviaba, no solo porque no sé qué me habría hecho si se hubieran dirigido a mí, sino porque verlos me producía una paz que contrarrestaba la ansiedad que me originaban las noticias, las imágenes de las bolsas negras y las semanales visitas de la camioneta funeraria para llevarse los cuerpos al crematorio y regresárselos a sus familias días después, hechos ceniza y dentro de una pequeña urna de mármol.

A pesar del dolor y el miedo, la cotidianidad seguía su curso y cuando el gobierno anunció que la cuarentena se extendería por treinta días más, el Quim y yo aprovechamos para poner en orden algunas cosas en el departamento. Colgamos cuadros que habíamos tenido guardados, acumulando polvo en el clóset, por una eternidad, cambiamos un par de focos de luz, colocamos una cortina nueva en la ducha y empezamos un rompecabezas de *Star Wars*. Ambos éramos fanáticos de la saga y vimos en esta una buena ocasión para completar las diez mil piezas que lo componían. De paso, pensamos, el pasatiempo nos permitiría enfocarnos en algo más que no fuera el trabajo, la virtualidad, el Internet o la muerte.

Mientras avanzábamos con el afiche retro que formaba nuestro rompecabezas, sus imágenes se iban definiendo y me ilusionó mucho ver por fin a Leia y a Luke aparecer en primer plano sobre nuestra mesa de centro: ella, una pistola en la mano izquierda, la derecha apoyada en la cintura, pose desafiante; él, pecho semidescubierto bajo una túnica blanca, la espada láser levantada con ambas manos sobre la cabeza. Era un bajón el que Han Solo no apareciera en esta versión japonesa del póster, pero aun así a mí me seguía pareciendo espectacular.

Estábamos muy entretenidos con el proyecto y nos faltaban como mil piezas para acabarlo cuando nos vimos obligados a detenerlo. La realidad, incluso en pandemia, se imponía: yo debía terminar un artículo para una revista y al Quim, de tanto comerse el pan que él mismo hacía, le empezaron unos cólicos tremendos que lo tuvieron entre el dormitorio y el baño por varios días.

En un inicio todo parecía ir bien con las pastillas que le había conseguido en la farmacia, pero cuando le sobrevino la fiebre, alta y sin visos de querer bajar, llamó a su médico, quien, temiendo que se tratara de un problema de vesícula, le recomendó acudir al hospital de inmediato.

Cuando nos despedimos aquella mañana, ninguno de los dos pensó que esa fiebre y esos dolores de estómago fueran algo más que el resultado de una fuerte indigestión y hasta nos pareció exagerada la reacción del médico. Sin embargo, unas horas más tarde recibí una llamada del hospital en la que me informaban que el problema no estaba relacionado con la vesícula como se había creído en un primer momento, sino con el virus, al que el Quim había dado positivo. Además me comunicaban que habían decidido internarlo porque su saturación de oxígeno se encontraba debajo de lo normal y había sufrido un desmayo que le había durado unos cuantos minutos.

Esa noche no pude pegar ojo. ¿Cómo, dónde, por qué se había contagiado? Si hasta hacía solo una semana andábamos buscando piezas para completar la «Estrella de la muerte», ¿cómo podía ser que ahora mi compañero se encontrara infectado en una cama de hospital? Me consumía la impotencia de no poder ir a verlo ni estar a su lado siquiera desde una sala de espera, pero, por sobre todo, lo que me más me aterraba era la falta de control a la que esa realidad apocalíptica nos sometía, en la que un enemigo invisible no solo doblegaba el cuerpo de los contagiados, sino también la voluntad de sus seres queridos, impedidos de acompañarlos en el penoso proceso de la enfermedad y en la travesía final hacia la muerte.

Durante el internamiento logramos comunicarnos un par de veces. En la última me contó que no se encontraba tan mal, que todavía sentía algo de presión en el pecho, pero que, por lo que les había oído decir a los médicos, sospechaba que le darían de alta pronto. Agregó que incluso había estado leyendo un libro sobre zorros voladores, que era de un paciente al que habían dejado salir la semana anterior y que las enfermeras le habían dado para que no se aburriera.

—¿Sabías, Ursu, que estos zorros son los murciélagos más grandes del mundo?

Entendía que el Quim me hablaba de estas cosas para tranquilizarme pero, aunque alimentaban mis esperanzas de tenerlo de vuelta, mirar su rostro decaído a través del teléfono cuando me lo contaba, me partía el corazón.

Mientras tanto, los muertos me seguían acompañando. Todos los días, desde la ventana o durante mis ahora escasos paseos por el parque, continuaba siendo testigo de su existencia sobrehumana. Fue precisamente una de esas veces, estaba yo haciéndome una limonada helada para matar el calor, cuando, de entre todos ellos, vi a lo lejos aparecer al Quim. Cruzaba la calle con su típica pose desgarbada y al verme movió los brazos de forma aspaventosa para llamar mi atención. No lo podía creer, ¿le habían dado de alta? ¿cómo así no me avisaron para ir a recogerlo?

Salí corriendo a abrirle y, pálido y con varios kilos menos, me lo encontré parado frente a mí con una sonrisa de oreja a oreja.

—¡Ursu, este cuerpote ha vencido al virus del pompón!

Lo peor había pasado sin consecuencias mortales y, aunque débil, se le notaba bastante recuperado. Mi cuerpo, no obstante, estaba claro que reclamaba un descanso. A pesar de la euforia que me causaba el que hubiera sobrevivido y de la curiosidad que tenía por conocer detalles de su estadía en el hospital, no podía, sin embargo, evitar pasarme la mayor parte del tiempo durmiendo. Mi agotamiento era tenaz y solo lograba despertar mucho después del mediodía. Entonces, lo primero que mis ojos veían al abrirlos eran los del Quim, grandes y todavía ojerosos, contemplándome con dulzura.

La noche en la que acabamos el rompecabezas decidimos celebrar abriendo una botella de vino. Mientras él se iba por el sacacorchos, recosté la cabeza en la almohada un ratito y me quedé dormida hasta el día siguiente cuando unos golpes en la puerta me despertaron. Salté de la cama, impulsada por el susto que me dio reconocer que el sueño, una vez más, me había vencido por completo, y volteé a ver al Quim, quien por supuesto ya se había levantado y estaría dándose una vuelta por el parque. Volví a escuchar la puerta y me dirigí a abrirle, siempre se le olvidaban las llaves en el pequeño librero de la entrada, pero al hacerlo, me topé, en lugar de él, con un hombre y una mujer cubiertos de pies a cabeza con los uniformes de protección personal. Apenas me vieron aparecer en el umbral retrocedieron, al tiempo que me entregaban una caja de mármol y un sobre manila.

Los miré extrañada dando por sentado que se habían equivocado de departamento, pero cuando el hombre leyó en voz alta el nombre y apellidos del Quim, seguidos de los míos, sentí como una explosión en la cabeza y todo el peso se me fue hacia las extremidades. Fue tan fuerte el shock que tuve que sostenerme del marco de la puerta para no caer. La mujer me preguntó si estaba bien y yo respondí muy bajito que sí. Siguiendo un guión claramente preparado, procedió a darme sus condolencias mientras su pareja me colocaba el termómetro digital en la frente y me preguntaba si había tenido síntomas en los últimos días.

Aquí es cuando empieza a fallarme el recuerdo y me veo a mí misma como desdoblada: una parte, de pie en el umbral, inmóvil con la caja y el sobre en la mano y la otra, negando con la cabeza a sus preguntas, firmándoles unos papeles y oyendo sus voces desde lejos: «llame al teléfono de la tarjeta si le da fiebre o tiene problemas para respirar; por ahora no podemos gastar pruebas en los asintomáticos, ya me entiende». Después entro, cierro la puerta, me siento en el sofá, mis manos advierten la frialdad de la urna, Luke y Leia me miran con compasión desde la mesa de centro.

Mi memoria está bloqueada, no sé cuánto tiempo pasó entre entonces y la madrugada en la que desperté con un ardor en los ojos y los párpados hinchados, temblando de frío y con una profunda tristeza que todavía me acompaña.

Han pasado cuatro años de ese verano y hoy seguimos con las mascarillas, el distanciamiento físico y las cuarentenas que vienen y van. Yo mantengo mi puesto remoto en la universidad y mi departamento frente al parque. Los fines de semana los dedico a armar rompecabezas y hornear pan. Todo lo que llegó con la pandemia se quedó aquí, aunque, eso sí, nunca más volví a ver muertos.

Janet Batet

YO LAVO LOS ALVEOLOS DE MI MADRE

Yo lavo los alveolos de mi madre
temprano en la mañana
una y otra vez con agua jabonosa
en delicada rutina matutina.

Los sumerjo como racimo de uvas maduras
que nadan a gusto en la vieja sopera de Bavaria
de ribetes dorados soberbios y enrevesados tulipanes
que no sé.

«Muy bien ha de andar Hungría».
Rezaba mi madre con la mirada ausente
mientras se balanceaba en el sillón de sándalo
y apuraba su tisana de caña santa al final de la tarde
de espaldas siempre al noticiero de la tele.

No le digo que en esta cuarentena los billetes
de forinto han sido congelados para desinfectarlos.

«Ni siquiera se salvó Hungría esta vez».
Murmuro en silencio mientras acaricio el manojo de alveolos

que como brócolis rosados recién cocidos
se deshacen en mis manos.

En nuestro *petit* Trianon, de piedra porosa de oolite
y festoneado por ese canal que es como el foso inútil
de un feudo minúsculo o una isla errante abandonada a su suerte
también se siente como si hubiéramos perdido
dos tercios de nuestro territorio y la población
diezmado como moscas.

Igual será verano.
Lo dicen los lagartos que se enroscan como buñuelos
recién horneados en el patio.
Lo dice el perro que me lame sin prisa esta zozobra.
Lo dice el árbol de moringa
que se llena de florecitas blancas como palomitas de maíz
que vuelan en el viento y liban las abejas.

Les ofrendo el ramillete de mi madre y vienen todos.
Algo de cosquilleo debe haber en la labor común
porque mi madre al fin sonríe
después de tanto tiempo
y sé, por esta vez,
que no la arrancará la muerte.

María Elena Blanco

USOS INUSUALES DEL HUSO HORARIO

Cáese de sueño como cuando en la infancia
con ojos muy abiertos se le iba un instante
el alma al cielo / solo que ahora es la cabeza
en síncope hacia abajo / remedando el coma /
o con suerte / la coma sin punto final.
Sucumbe / apaga luces al alcance de mano /
demasiada pereza para cerrar cortinas /
que luego lamentará al amanecer / pero tal vez
convenga / si ha de ajustar la manecilla interna.
De afuera se alza un rumor que no se sabe
qué es / secreteo del parque o máquina infernal
moliendo tiempo. Se acerca / nadie hay / nada
se mueve / aprovecha para bajar persianas /
descubre al paso el jugo eléctrico de diodos y
vatios / circuitos de silicio y metal / al calor
de fotones lee / hace planes. Piensa: mejor
pasa a lo escrito / piensa: todo este espacio
neutro es lo no escrito / lo por escribir / y
lo por escribir no vale ante las causas últimas.
El vidrio pone distancia falaz entre ventana
y mundo / aquí adentro es lo indemne
mientras no se rebelen los objetos / mientras
no entren bichos que luego anidarán

y habrá que defenderse a punta de raqueta /
mientras no cuélense efluvios de murciélagos /
frente a los que no hay tu tía. Recuerda estar
vestida / se desviste / apaga una vez más
y la noche / la callada / se viste de luces
espectrales del vaio y el mac, manzanas
y ratones rojiverdes / pings y din-dongs
de celus / compus / tabletas / cápsulas
vociferantes desde el pastillero / como si
alertaran que hasta nuevo aviso / o sin
aviso. Sabe que esta hora no existe / que
es leyenda futura y ya mismo el pasado
de una nada. Y así y todo es cuestión
de celo heurístico su extraño uso del
huso / ni de aquí ni de allá / paralela y
meridiana / utópica / cómo hace / en qué
órbita vive. Piensa: no vive / transita /
juega a adivinar dónde o cuándo / salta /
sin medir consecuencias. Ya se esparce
la luz / se acorta lo por escribir. Trinan
aves de pleamar / vuelve a caer /
impostergable / la cabeza. La tarde
será otro día / o noche / o playa /
o pura conjetura.

Arlene Carballo Figueroa

LAVARSE LAS MANOS

Cuando me enteré que el virus llegó a Puerto Rico desde China, todos mis temores de enfermarme, el futuro del negocio y las consecuencias de la cuarentena quedaron eclipsados por una sola idea: cómo conseguir que mi madre se contagiara.

La situación era idónea porque la falta de orden y liderazgo en el gobierno, sumado al estado crítico del Departamento de Salud, ofrecían un escenario de fiscalización mínima. El caos reinante me favorecía.

No obstante, en casa de mis padres era a la inversa: allí todo se hacía organizadamente. Violentar esa disciplina de manera desapercibida sería complicado. Peor aún, para alcanzar mi objetivo, tendría que sobrepasar dos grandes impedimentos: mi papá, quien jamás lo consentiría y mi hermana, Lucina, que, aunque reacia, era persuasible. Decidí llamarla.

—¿Cómo están?

—Aquí, en *survival mode*.

—Lucina, estaba pensando que esto de la pandemia es una excelente oportunidad para resolver lo de Mamamí.

—¿Tú sigues con eso?

—Seguro. Me parece que es el momento perfecto. Ya están aumentando los fallecimientos por coronavirus.

El de Mamamí no llamaría la atención de la policía. Y si consigo a alguien que nos firme un certificado de defunción, ni siquiera habría que bregar con la morgue. Total, ella tiene asma, una condición cardíaca, alta presión y está gordita. A nadie le sorprendería que se muriera. ¿Qué tú crees?

—Yo no quiero ni pensarlo.

—Lucina, hace tiempo que lo decidimos. Dime, ¿te arrepentiste?

—No. Yo sé que hay que hacerlo, pero no me atrevo.

—Para eso estoy yo, chica, pero si te necesito, no te puedes echar para atrás.

—¿Ayudarte? Yo no puedo.

—Quiero decir que estés pendiente de Papamí, no lo otro.

—Ah, bueno, eso sí.

—O sea, que estás de acuerdo.

—Pues si no hay otra manera…

—Llevamos años buscando un método que no levante sospechas y apareció esto. Vamos a aprovecharlo.

El primer asunto sería determinar quién le inocularía el microorganismo. Era imprescindible que fuese una persona asintomática porque sin tos, ni fiebre, pasaría inadvertida al ojo protector de mi padre. Además, tendría que desconocer que cargaba el virus para que ni él, ni nosotras sufriéramos las consecuencias de aquel acto.

Me comuniqué con Carmiña, una colega de mis tiempos de tecnóloga médica, para averiguar sobre las pruebas de coronavirus y el sistema de rastreo de positivos. Ese registro recopilaba la información personal y domiciliaria de todos los infectados. Allí encontraría a mi muy inocente matón.

No obstante, la conversación distó mucho de lo que esperaba. Las calamidades que me narró comenzaron con la renuncia de la Epidemióloga del Estado después de decir que Italia estaba al lado de China y que a Puerto Rico no llegaría la enfermedad porque estábamos muy lejos de Asia. Continuaron con que el Secretario de Salud optó por no sustituirla en medio de una pandemia y se complicaron con el desastre del rastreo de positivos. Ante la falta de directrices, los laboratorios optaron por preparar sus propias fichas. Algunos usaban el seguro social, otros el nombre y apellido y otros usaban los dos apellidos. Eso hacía el proceso de identificación de los pacientes irreconciliable.

Para completar, algunos positivos estaban duplicados o hasta triplicados porque los pacientes se podían hacer las pruebas de IgM, IgG y PCR en diferentes lugares, lo que producía tres reportes positivos en un mismo paciente.

En conclusión, no había un rastreo confiable y, sin eso, no encontraría un asintomático. Pasé un par de días desanimada porque no se me ocurría cómo enfermar a Mamamí. Entonces comprendí que era cuestión de conseguir algo contaminado y exponerla.

Resolví que debía visitar a Carmiña para hacerme una prueba. Me presentaría al laboratorio tarde, cuando hubiera poco personal, y me quedaría para charlar. Los tecnólogos pasamos tanto tiempo trabajando a solas, concentrados y en silencio que siempre aprovechamos cualquier pequeño receso de socialización que aparezca.

Llegó el día y preparé mi cartera con los artículos que necesitaría. Me allegué a la recepción del laboratorio y Carmiña salió a recibirme. Vestía una bata desechable, una mascarilla que se removió para sonreírme y un protector facial de plástico. En el área de colección, sacó un hisopo (que es un *Q-tip* largo y estéril) y lo insertó en mi nariz. Lo giró por unos diez segundos y lo guardó en la nevera.

En ese momento, se suponía que me fuera, pero comentarle sobre la torpeza gubernamental del día fue suficiente. Carmiña comenzó su análisis de la situación del país. La capturé al ofrecerle un pedacito del famoso bizcocho de pistacho que hacía mi hermana. Chilló de alegría y me invitó al salón privado de los empleados.

Allí pude desviar el tema hacia un hipotético artículo de laboratorio que debía escribir. ¿Sería posible que ojeara el área de trabajo?

—¡Seguro que sí! —respondió confiada.

Poco a poco me adentraba en los espacios prohibidos. Planificaba ir al baño para poder separarme de ella, pero no hizo falta. Tuvo que dejarme sola para contestar una llamada telefónica.

Me acerqué al lugar donde se hacían las pruebas de COVID-19. Al asomarme al zafacón, vi los hisopos en la bolsa anaranjada de *biohazard*. Abrí mi cartera y saqué una *ziplock* grande. La coloqué bien abierta en la mesa. Me puse unos guantes bastante holgados, era lo más conveniente por eso de ser rápida. Aguanté la respiración. Me incliné sobre el cajón de desperdicios, cogí un puñado del contenido y lo eché en la bolsa. Me cambié los guantes para guardar la *ziplock* en mi cartera y los descarté en ese mismo zafacón. Me alejé y subí la vista en busca de Carmiña. Nos separaban hileras de mesas de trabajo que obstruían la vista.

Me acerqué al fregadero. Pisé el pedal que encendía el agua, moví la mano para activar el dispositivo que despachaba el jabón y me lavé bien las manos y la cara. Por fin, exhalé. Cuando me secaba con papel toalla, la escuché acercarse.

—Estar aquí le da a uno con lavarse las manos muchas veces, ¿Ah? —coincidí con una sonrisa—. Ya yo me acostumbré a no tocarme. Ha sido un buen ejercicio para desarrollar la fuerza de voluntad.

—Así es. Las circunstancias nos obligan a hacer cosas que jamás hubiéramos pensado posibles. El ser humano se acostumbra a todo.

—Pero nosotras nunca. ¡Somos la resistencia!

Me despedí de Carmiña, contenta de haber compartido un rato con ella. Era una luchadora. Me recordó porqué debía cumplir con mi meta.

De camino a casa de mis padres, llamé a Lucina.

—Ya tengo todo. Encuéntrame allá para que distraigas a Papamí.

Mientras manejaba, me pregunté cómo debería exponer a Mamamí al coronavirus. ¿Sería suficiente con tocar todo ese material infeccioso y acercar los dedos a los puntos susceptibles: ojos, nariz y boca? ¿O quizás algo más directo como insertarle en la nariz algunos de los hisopos?

Me estacioné en la marquesina de la casa y sentí que me temblaban las manos. Inhalé profundo para serenarme. Había conseguido un arma infalible, solo me quedaba el último paso. No podía acobardarme. Tenía que mantener el desapego que acostumbraba a fingir en lo que se refería a la situación de Mamamí.

Al bajar del automóvil, se me humedecieron los ojos. Me molestó mucho mi debilidad. Si no conseguía controlarme, Papamí se daría cuenta y todo se arruinaría.

Entré a la cocina con la cartera en la mano. Forcé una sonrisa para Lucina que no funcionó. Ya ella gemía. Eso me afectó y tuve que regresar a la marquesina. Para sobreponerme, cerré los ojos y recordé quién era mi madre: una mujer fuerte, riendo a carcajadas, opinando con vehemencia, compartiendo con amistades, planificando viajes, trabajando y discutiendo casos legales, censurando inequidades y cooperando con las causas importantes para ella.

La vi abrazar a sus nietos, leer un libro, escuchar música clásica, cocinar conejo en fricasé y decir obscenidades si algo salía mal. La oí llamarme por teléfono y preguntarme por la nota periodística que me había enviado para luego conversar sobre eventos mundiales. La sentí rabiosa al reclamar derechos para las mujeres, para los pobres, para los oprimidos, para los puertorriqueños.

Le cogí la mano de piel de cebolla, por fina y delicada, y casi pude sentir su caricia, así de mucho la añoraba. Luego su abrazo me envolvió en el consuelo máximo del calor maternal. Evoqué aquella nota que me escribió al perder el habla. Las faltas ortográficas y de sintaxis, tan ajenas a ella, revelaban el deterioro de su cerebro. Luego la manera cruel en que todos sus sentidos dejaron de funcionar transformándola en alguien ausente, incapaz de expresar si sentía dolor, alegría, hambre o frío. Solo quedaba un carapacho artrítico e inmóvil sujeto al trato de gente desconocida para ella. Mujeres que tenían que invadir su intimidad para asearla, vestirla, acostarla o alimentarla. Era una masa de carne y hueso que subsistía. ¿Tenía yo que recibir de esos ojos perdidos o de aquellas manos retorcidas una petición, una señal, para saber lo que se requería? No hacía falta. Yo era una hija amada y conocía el corazón de mi madre. Por eso tenía que sobreponerme y actuar. No podía hacer menos por ella.

Me limpié la cara, me soplé la nariz y entré a la casa. Le di un beso a Papamí y me dije que no era el de Judas. Sabía que esto le dolería, pero lo hacía por ella. Caminé al cuarto junto a Lucina.

—Dile a Papamí y a la enfermera que necesitas que te ayuden a atornillar las agarraderas de seguridad de la ducha que están flojas. En lo que buscan lo necesario, yo termino.

Lucina los llamó y, en cuestión de segundos, estábamos solas Mamamí y yo. Le miré los ojos verdes, permanecían perdidos. ¿Quedaría algo de mi mamá allá adentro? Montones de veces me le había acercado para susurrarle: «Mamamí, nosotras estamos tranquilas. Papamí está bien, lo vamos a cuidar. Si tú quieres dejar este cuerpo, ya te puedes ir». Noche tras noche, pedía su muerte en rezos, pero nada pasaba. Seguía respirando, comiendo y evacuando.

Fui a la repisa y agarré un par de guantes y una mascarilla. Me los puse y extraje la bolsa plástica de mi cartera. La abrí y pasé mis dedos por aquel material. Supuse que tendrían una gran carga viral. Suficiente para sacar a Mamamí del infierno en que vivía hacía diez años.

Al tornar, comencé a llorar. Yo no quería ver a mi mamá en esa condición, Lucina tampoco. Recordé la resistencia de Papamí a mi propuesta: «Tu madre siempre le tuvo terror a morirse, ¿tú estás segura de que eso es lo que quiere?». El eco de su advertencia me retumbaba en la cabeza. ¿Preferiría mi madre esta cruel existencia a lo desconocido de la muerte?

Me miré las manos. Eran armas homicidas. Mis lágrimas goteaban y caían al piso. Escuché un resoplido en la puerta y levanté la vista. Era mi hermana.

—No lo hagas.

La miré agradecida. Escuchar su súplica me rescató porque, por más que yo quisiera, no podía hacerlo. Hubiera deseado atreverme a asesinar a mi madre, pero no pude. Mi hermana empujó la puerta. La seguí hasta el baño. Abrió la llave. Me lavé las manos enguantadas con mucho jabón. Regresé a la cartera. Saqué la *ziplock* y la llevé al baño. La lavé con jabón. La deseché. Me quité la mascarilla y los guantes y los descarté. Me lavé la cara y las manos. Busqué una bolsa plástica donde guardar la cartera. La sellé.

Nos fuimos abrazadas hasta la cama de Mamamí. Nos recostamos junto a ella. Sollozamos porque nuestra orfandad era incomprendida. Cómo odiaba que me dijeran: «Dale gracias a Dios que todavía la tienen con ustedes». No sabían la tortura de tenerla de esa manera.

Nos quedamos junto a ese cuerpo inerte. Solo su respiración era señal de vida.

❧

Desde la puerta, el padre las observó. Se fue al baño y recogió la bolsa de basura con todo su contenido viral. La echó en otra bolsa que cerró con un nudo y la llevó al zafacón soterrado de frente a la casa. Se lavó las manos. Regresó a su cuarto y se acostó en la cama.

Decepcionado por la cobardía de sus hijas, lloró hasta quedarse dormido.

Rocío Cerón

DIVISIBLE CORPÓREO
(FRAGMENTOS)

I.

En la punta de los pies el mundo, la salvia, el oficio de extrañamiento ante ruidos y rumores. Cenizas y marcas de un territorio que ha aprendido a gestar lenguaje entre los orificios de lo que se da paso a tientas.

II.

Se alista la mirada hacia un territorio ya desconocido. Se alistan falanges y nudillos a bajar la guardia. Hay algo, sin embargo, un sigilo, cierto tramo de hilo que desdibuja rostros, un cardo herido de tajo, un aliento zigzagueante que detienen al cuerpo. En esta orilla, el tiempo, es ocaso que declina su luz para cesar de golpe a la muerte.

III.

Isla o floresta. Jardín de abetos, costa o amasijo y caudal de timbres. Mañana a mañana, en polisílabos que llevan resinas milenarias y balbuceos, arder en permanencia hasta sitiar la piel en lo audible de la transpiración.

IV.

Herimos el aire. Herimos al llanto. Herimos las sales. Cuerpos de barro y origen. La paradoja del fuego es su estancia de temblor silente.

V.

Incluso el aire, levitación de tiempo, es ya suceso que se hace signo. Brazadas entre oleaje de miedo, desaparece al escuchar, labios entre labios, el sonido inicial de un beso.

VI.

Una oración, un acuerdo, silencios, horadaciones: embonan los gestos. Eso estaba ya en la plegaria, entre los muros de la ciudad cerrada. Gramática del roce.

VII.

Comienza el día. Golpe de dados. Germinativo el destino de la infancia. Cabello arremolinado, sonrisas zumbantes. Un petirrojo en extravío pía desde la ventana.

VIIII.

Cierta irregularidad en la forma. Apenas un guiño. Palidez y densidad del sueño. Extractos de limón amarillo, colina revuelta de fresnos: ópalo de fuego donde se guarda el titubeo de mosquitos invisibles.

Noelia Domínguez

SOBRE EL PUENTE Y DESCALZA

Me gusta contar el final así:

yo creo en la existencia simple de las cosas
y en su desaparición más simple aún.
En esta convicción fijo mi propia felicidad
y el vértigo púrpura de esta larga noche
de encierro.

Sobre el puente se aprecia un color distinto allá,
el cielo encendido y fragmentado
por el aleteo tramposo de los murciélagos;
junto a los faroles, sus ojos brillan aún más que los míos,
e imaginan cosas:

más tarde pondrán las pantallas para evitar
el movimiento bizarro de los suicidas,
abajo sí, hay solo piedras viejas tan grises
como en el cauce de un río seco y distante.

Sobre mi cabeza
el eco de los murciélagos corona el horizonte
con un ruido de cristales rotos que se arrastran

por el suelo marmóreo.
La luz del atardecer va lamiendo ominosa
los arcos tristes de la noche.
Con el mapa en la mano, no atisbo el camino exacto
hacia tu apartamento,
intuyo las cuestas, y también las avenidas,
la luz de tu habitación, intermitente.

Desde los árboles y la oquedad maliciosa del bosque,
suena el motor de una motosierra encantada:

Y es entonces cuando a mi regreso,
las velas que debieron quemar mi casa
dejan sobre el piso
un charco de cera fluorescente y dura:

y así hasta el fin.

Lizette Espinosa

HIBERNACIÓN

Señor, la casa se ha vuelto cuerpo
y el cuerpo es ahora extraña compañía
país para hibernar
donde la vida es pájaro que no encuentra acomodo
y la sombra del hombre más cercano
es puente hacia el abismo.
No dejes que despierte
el día se ha vuelto un río interminable
donde todos se hunden
no dejes que me duerma
sin que aflore a mi boca una oración.
Concédeme el olvido
el regreso a la sangre y su tierra diminuta
permíteme el dolor.
Porque afuera la noche es la noche más negra
y en ella se diluye el mundo y su delirio
porque a mi patio llega el canto de la muerte
y mi boca está seca
y mi mano cerrada
como la hoja que cae antes de ser barrida.

Gillian Esquivia-Cohen

TÉCNICAS DEL LAVADO DE LAS MANOS EN TIEMPOS DE GUERRA

La Secretaría de Salud recomienda seguir los siguientes pasos de la técnica del lavado de manos:

Mójese las manos con agua

En el cementerio Las Mercedes en Dabeiba, Antioquia, no son muchos los familiares que vienen a cuidar las tumbas de sus muertos. En muchas de las lápidas de la pared bóveda los nombres y las fechas están ocultos por mugre y musgo, la antes pintura blanca ahora se cae como escamas, y los mausoleos salpicados de moho se asemejan a un perro dálmata. Solo las cruces brillan en el sol de mediodía con un blanco cegador.

El soldado y declarante ante la Jurisdicción Especial para la Paz (JEP) se detiene en seco apenas entra el cementerio. Ha vuelto al camposanto donde doce años atrás ayudó a enterrar y así desaparecer a los falsos positivos: civiles asesinados extrajudicialmente por el Ejército y luego registrados como guerrilleros dados de baja en combate. Si el batallón alcanzaba sus cuotas, el Ejército premiaría a los soldados con ascensos y días de descanso.

Pero no es el remordimiento que le hace parar al soldado, sino la orientación de las cruces. Va y habla con un sepulturero quien confirma su duda: antes las cruces apuntaban al sur. Según le cuenta al militar, hace unos años algunos soldados llegaron y les cambiaron la orientación. Ahora todas apuntan al oriente.

El sepulturero no le ofrece información sobre la pintura fresca de las cruces, ni el extraño hecho notado por periodistas de la revista *Semana* de que todos los nombres parecen haber sido escritos por la misma mano, en la misma época, aunque las fechas de defunción varían por décadas. En este cementerio, como en la mayoría de los camposantos en Colombia, las anomalías abundan, en parte por la desorganización, en parte porque hay quienes no quieren que sea fácil encontrar un cuerpo.

Deposite en la palma de la mano una cantidad de jabón suficiente para cubrir la superficie de las manos

Colombia tiene la dudosa distinción de ser el país con el más antiguo conflicto armado en todo el hemisferio. Según el Observatorio de Memoria y Conflicto del Centro Nacional de Memoria Histórica, hasta julio de 2018 han ocurrido más de 4 000 masacres y más de 150 000 asesinatos selectivos. Más de 262 000 de nosotros hemos muerto y somos más de 80 000 desaparecidos, más que la suma de todos los desaparecidos de Chile, Argentina y Guatemala bajo sus dictaduras. De estos, más de 68 000 somos víctimas de desaparición forzada.

En un macabro juego de esconderlos a la vista, los cementerios legales han sido uno de los lugares donde más desaparecidos han sido enterrados. Las antiguas FARC-EP usaban cementerios en La Macarena y Granada, en el departamento del Meta, mientras que el Estado ha hecho uso de cementerios como el de Guayabetal, Cundinamarca y el Cementerio Sur de Bogotá para enterrar sus víctimas de ejecuciones extrajudiciales. Aprovechando el pobre flujo de información entre municipios, los paramilitares han trasladado y arrojado cuerpos en sembradíos y al lado de carreteras lejos de los lugares de origen de las víctimas, para que fueran recogidos y enterrados como NN en cementerios cercanos. Se estima que se pudiera hallar hasta el 40% de los desaparecidos en cementerios legales, tarea que se complica cuando hay personas que entran y hacen cambios no ortodoxos como cambiar la orientación de las cruces o volver a pintar los nombres en ellas.

Frótese las palmas de las manos entre sí

No es el velorio que la familia de Édison Lexánder Lezcano imaginaba. En vez de estar en la intimidad de su casa, están en el parque central. En vez de estar solo con familiares y amigos, todo el pueblo los acompaña, además de magistrados de la JEP, funcionarios de la Unidad de Investigación y Acusación y de Medicina Legal, y representantes de las Embajadas de Francia y Suecia. Y en vez de estar rezando sobre un ataúd de tamaño de un hombre de veintitrés años, es un ataúd infantil, de aproximadamente un metro de largo, que la JEP les entrega.

Dieciocho años después de ser secuestrado, asesinado y luego desaparecido por un grupo mixto de militares y paramilitares, la JEP entregó el cuerpo de Édison Lexánder Lezcano a su familia el pasado 17 de febrero. Édison es el primer cuerpo identificado de entre los 17 hallados hasta esa fecha en la fosa común del Cementerio Las Mercedes en Dabeiba.

Tres días después del entierro, la familia de Édison fue a la iglesia para la misa exequial organizada para conmemorar a su hijo/pareja/padre. Esta parte de la despedida al menos iba a ser como siempre lo imaginaban.

Pero cuando llegaron a la iglesia, encontraron una corona fúnebre para el Ejército Nacional, un fusil Galil, un equipo de campaña rodeado de bolsas para trinchera y un camuflado de selva, todo justo al frente del altar donde iban a rezar por Édison. Según informó Noticias Uno, un soldado había llegado al párroco seis horas antes para pedir una misa para conmemorar a cuatro soldados que fallecieron en un campo minado en el municipio quince años atrás.

Puede que se trate de una coincidencia. ¿Pero con qué frecuencia pide el Ejército hacer una misa exequial para conmemorar a cuatro soldados sin alto rango, quienes fallecieron hace tantos años, cuando se mueren tantos soldados en combate cada año?

¿Y con qué frecuencia dejan en la iglesia fusiles y otros símbolos militares?

Frótese la palma de la mano derecha contra el dorso de la mano izquierda, entrelazando los dedos y viceversa

El pasado 3 de abril, justo cuando la JEP y la Unidad de Búsqueda de Personas Dadas por Desaparecidas (UBPD) por fin avanzaban en su tarea de encontrar a algunos de los desaparecidos (después de años de atrasos burocráticos y restricciones presupuestales), la Procuraduría General de la Nación emitió una proclamación. Debido al aumento de fallecidos que la pandemia puede ocasionar, la entidad estatal ordenó el entierro de todos los cuerpos no identificados que actualmente se encuentran en los cementerios, acto contrario a la ley.

La orden provocó indignación y protesta. Setenta y dos organizaciones nacionales e internacionales de derechos humanos y de víctimas de desaparición forzada emitieron comunicados, hicieron correr la voz en redes sociales y realizaron entrevistas. Muchas víctimas esperando ser identificadas en los cementerios ahora están en riesgo de desaparecer de nuevo. En realidad, está casi garantizado que desaparecerán. Es conveniente, la pandemia. Ahora no tienen que mandar a los uniformados a los camposantos a desordenar las tumbas. Los pueden mandar a hacer otras tareas más importantes, como proteger a los ciudadanos.

Frótese con un movimiento de rotación el pulgar izquierdo, atrapándolo con la palma de la mano derecha y viceversa

El conflicto armado sigue a pesar de la pandemia. Según el Instituto de Estudios para el Desarrollo y la Paz (Indepaz), hasta la fecha (18 de julio) 166 líderes y lideresas sociales y defensores de derechos humanos y 36 exguerrilleros firmantes del Acuerdo de Paz han sido asesinados en lo que corre del 2020[1]. Según Medicina Legal más de mil personas han desaparecido en la primera mitad del año.

Aún no se puede saber con certeza qué tan eficaz ha sido la cuarentena nacional para controlar la propagación del Covid-19, pero lo que sí sabemos es que

---

1 Romero, César. «262.197 muertos dejó el conflicto armado». Centro Nacional de Memoria Histórica, 02 agosto 2018, http://centrodememoriahistorica.gov.co/262-197-muertos-dejo-el-conflicto-armado.

la orden de «quédate en casa» ha aumentado el nivel de riesgo que corren las lideresas y los líderes sociales, dado que ahora es más fácil para los actores armados encontrarlos. Todos están en sus domicilios.

En el Congreso, los senadores Iván Cepeda y Roy Barreras, entre otros, llevan meses, años reclamando alguna acción concreta y contundente del gobierno para enfrentar el genocidio de lideresas y líderes sociales. El 15 de mayo, el día en que Javier García Guaguarabe, guardia indígena del Pueblo Embera, fue asesinado, el Congreso debatió y aprobó el proyecto del partido del presidente Iván Duque que declaró una cartera de cuero llamada carriel como patrimonio nacional. En un tuit, el representante a la Cámara Juan Espinal expresó su agradecimiento al partido por proponer «este Proyecto tan importante».

Frótese la punta de los dedos de la mano derecha contra la mano izquierda, haciendo un movimiento de rotación y viceversa

Los líderes y las lideresas se quedan en casa, pero no paran de trabajar. Viven una situación de amenaza tras amenaza, como dice Leslie Ester Orozco Fonseca de la Organización de Mujeres Víctimas Construyendo Paz, pero eso no es nada nuevo. Ella lleva casi dos décadas de amenazas, de atentados, de desplazamientos forzados y violencia sexual, y aún no ha parado su trabajo con mujeres víctimas del conflicto. «Me he vuelto una guerrera buscando justicia no solo para mí sino para todas las mujeres que son víctimas», dijo en una entrevista con el programa *La Banca del Parque*. La cuarentena da un nuevo giro al conflicto armado y por lo tanto el trabajo, pero es solo eso: un giro más.

Como familiares de víctimas de la desaparición forzada no pudieron salir a las calles y las plazas para conmemorar sus víctimas por la Semana Internacional del Detenido Desaparecido, muchos construyeron altares en sus casas, tomaron fotos y las compartieron en las redes con las etiquetas #MemoriaEnCasa y #DóndeEstán. Siguiendo la campaña creada por la UBPD, otros grabaron videos dirigidos a sus víctimas contando un poco de cómo han sido los años sin ellos. Mientras que las personas que pueden decidir si quieren pensar en la guerra o no lamentaban no poder recibir los abrazos de sus amigos, la UDPD publicó una serie de memes volviendo la cuarenta una oportunidad para entender, aunque sea un poquito, cómo es la vida de alguien que lleva años buscando a su desaparecido. «En este tiempo sin ti», dice uno, «he encontrado la fuerza en los abrazos de otras personas que también comparten mi dolor».

El trabajo no ha parado, se ha adaptado, como siempre se ha hecho. En cuarentena o sin ella, la lucha sigue prendida, como dice Orozco Fonseca. Hasta encontrar la verdad, hasta conseguir la justicia, hasta recibir una garantía de que esta injusticia no se repita.

Enjuáguese las manos con agua

Colombia está enferma. En la lucha contra la infección del conflicto armado, los líderes y las lideresas sociales son nuestros trabajadores esenciales, pero igual que con el personal de salud que lucha contra la pandemia, el Estado no les brinda la protección que necesitan. Es cómplice de los abusos de la guerra y sigue lavándose las manos de sus responsabilidades constitucionales de proteger la vida y la integridad de todos los ciudadanos. Se sigue lavando las manos de las víctimas también, o al menos eso trata de hacer. Pero ellas no se dejan lavar. Nunca se han dejado lavar y no van a comenzar a permitirlo ahora.

Oswaldo Estrada

SEÑALES DE VIDA[2]

[2] De su colección de cuentos *Las guerras perdidas*. New York, Editorial Sudaquia, 2021.

Es todo tan inmenso que no cabe en el llanto
y el dolor nos observa desde fuera.
FERNANDO VALVERDE, «El daño».

Son muchos días de estar así, paseando los ojos de un lado a otro. Sin poder salir. Cambiándome de este sillón al mueble de enfrente. Contando los pasos que van de aquí a la cocina o a la puerta de mi habitación. Han cerrado los negocios, las escuelas. Las avenidas más transitadas están huérfanas. Al principio todos se reían. Qué exagerados. No será para tanto. Luego comenzaron a escasear los víveres, el papel higiénico, el desinfectante tan preciado al que antes no le hacíamos ni caso.

—Mejor no salgas, me ruega la vecina por el balcón. No vaya a ser que te contagies por comprar un par de latas. ¿Qué te hace falta, *bonica*?

Petra siempre me ha cuidado así. Pasándome una barra de pan por la ventana. Una olla con lentejas. Unas soletillas. Un par de magdalenas para que no tenga que salir a la calle cuando hace frío por las mañanas.

—Te lo digo en serio, mujer. No salgas. Ya tenemos una edad.

Petra no sale porque vive con uno de sus hijos. Mauro puede traerle lo que haga falta. Pero yo no tengo de otra. Una cosa es pedirle un poco de azúcar, unas patatas. Y otra cosa es abusar de su bondad.

—No te preocupes por esta vieja, la tranquilizo desde mi balcón. Si no me mató una guerra, no va a poder conmigo esta epidemia.

Lo digo en serio. ¿Cómo me voy a morir ahora, después de pasar las de Caín con los paros y apagones, el temor de una explosión, la falta de agua y tantas otras cosas? ¿Cómo ahora después de tanto sacrificio para llegar a este país? Mis hijos todavía lo recuerdan. Carlos tenía dieciocho y los gemelos dieciséis. No había ni pan para el desayuno y les daba camotes fritos o hervidos.

—¿Camotes?

—Boniatos, hija.

Pienso mucho en esos días oscuros cuando salgo a la calle a ver si encuentro algo. Dice mi Carlos que en Alemania también se están acabando las cosas. Y en el Perú han vuelto a las andadas. Mira si no seremos ladrones que ya están vendiendo las pruebas para el virus en ochocientos soles. En la calle. Y te aseguro que son falsas.

Yo me administro con lo poco que tengo, sin molestar a nadie. Hoy me apaño con esta lata de atún y para mañana tengo unos garbanzos. Petra no los puede ver ni en pintura. Me lo contó hace años, cuando recién nos mudamos a este edificio. Le tocó la posguerra de niña, en un pueblito de Murcia. Sus hermanos mayores arrancaban hierbas del campo para que su madre las echara al caldo. Comían eso todos los días. Y garbanzos. Es una gran cocinera. Hasta ahora que tiene más de noventa. Pero los garbanzos no los tolera. Ni los caldos.

—Si tienes que irte, no te preocupes por mí.

—No hay prisa, Amparo. Solo dime si has notado algún cambio en tu salud. ¿Te duelen los músculos? ¿Has tenido fiebre? ¿Tienes mocos? ¿Cómo estás del estómago?

No tengo nada, hija. Te digo lo mismo que a Petra. Lo único que me aterra es morirme aquí encerrada y que nadie se de cuenta. Eso le pasó a una vecina del sexto piso hace unos veinte años. Como era solterona, nadie la echó en falta, hasta que el olor a carne podrida empezó a salir por debajo de la puerta. Vinieron los bomberos, la policía, un par de reporteros. La encontraron tiesa en la sala, con las luces encendidas y el mando de la tele en la mano.

Por eso le he dado una llave a Petra y al vecino de abajo. Mis hijos están muy pendientes y me llaman todas las semanas. Pero los tres viven lejos. Antes siquiera podíamos vernos los de esta finca en la escalera, en el portal, hablando aquí afuera. Ahora solo nos queda el balcón para ver si estamos vivos.

No sabes lo que es asomarnos a la ventana por las noches para aplaudir a los médicos y enfermeros que se dejan la vida en los hospitales y las clínicas. Cada día mueren más personas infectadas. Y ahí van esos benditos con sus mascarillas y guantes a enfrentar el mal. Yo solo conozco a una doctora en esta calle, pero a todos los aplaudo por igual.

A veces alguien toca el violín. Dice Miguela que es una artista del otro edificio. Le cancelaron todos sus conciertos y se consuela tocándonos lo que hubiera presentado en Viena y en Berlín. El día que tocó *La flor de la canela* me puse a llorar aquí en el caño. Gracias, cariño, alcancé a gritarle por la cocina, pensando en mi gente, en mi madre, en todo lo que dejamos atrás. *El viejo puente, el río y la alameda.*

—Qué bonito hablas, Amparo.

—Es la verdad, hija. Te puedes pasar años viviendo en otra parte, comiendo otras comidas, haciendo nuevas amistades. Pero el corazón sigue allá, dobladito con la ropa que dejaste en el ropero por si había que regresar. Mi esposo lo supo siempre y se empeñó en irse a morir allá. ¿Cómo vamos a volver, Juan? Aquí están los chicos. Nuestra casa. ¿Qué vamos a hacer en Lima? Llévame, Amparo, me rogaba todos los días. Hasta que hicimos las maletas y nos fuimos. Si vieras la cantidad de gente que venía a despedirlo aquí a la sala. Sobre todo los peruanos que lo veían como un abuelo. Salúdeme a mi mamá, don Juanito. Pídale que nos cuide. Busque a mi tía Hermila y dígale que un día vamos a llevar sus cenizas a Chota. Yo me moría de risa en la cocina, pensando en la gente desquiciada que le hacía encargos de ese tipo. Pero mi viejo aceptaba los mensajes para la muerte con toda seriedad. No te preocupes, María. Yo se lo digo. Con tu gusto. Ten por seguro que así lo haré, Rufino. Me llevaba trece años, como Petra. Un caballero de los que ya no hay.

Mi Juan quería morirse porque los dolores del cáncer eran insoportables. Al final ni la morfina lo aliviaba. Pero yo no me quiero ir todavía. Tengo dos nietecitas en Málaga y un nieto en Stuttgart. Un muñeco de ojos azules y el pelo rubio como su madre.

El otro día me desperté con dolor de garganta y me pasé horas pensando que estaba infectada. Es terrible este mal. No se sabe ni lo que es. Ni el momento en que pueden contagiarte. Había ido a la tienda el día anterior a buscar leche para el café. Es el único vicio que tengo. Desde que agarré la caja pensé aquí me voy a infectar. Y más cuando el cajero la tocó por todos lados para encontrar el código de barras. La limpié como pude cuando volví a casa y me lavé las manos con jabón no sé cuánto tiempo, pero me quedé mortificada. ¿Has visto lo que dicen? El virus puede vivir horas en los cartones y encimeras, en el metal. Es la peor de las plagas, y sobre todo esta ansiedad.

Ese fue el día que presioné la medalla para preguntar cuáles eran los síntomas. Tenía la esperanza de que me contestaras. Pero me atendió una de tus compañeras. Muy amable. Si mañana amaneces peor, Amparo, te vas a urgencias. No sabes cuánto recé ese día. Tomándome esos hierbajos que he detestado toda la vida.

—¿Y ahora cómo te sientes? ¿Tienes alguna molestia? ¿Te duele algo?

—Estoy triste, hija. Son muchas horas encerrada en estas cuatro paredes. Y el otro día se llevaron a Petra.

Me hubiera gustado despedirme de ella. Aunque sea por el balcón. Hemos tenido que ingresarla, me dijo Mauro cuando comencé a llamarla por este lado. Le costaba respirar. Tiene neumonía y no puedo ir a verla.

Mi Petra. Nos hemos querido desde el primer día cuando nos encontramos tendiendo la ropa. Por ella sé hacer empanadillas de pisto y albóndigas. El zarangollo por el que mueren mis hijos. Y el arroz y conejo de su tierra. *Bonica*, ven que te enseñe a hacer esto. Ya verás qué *panzá* de comer cuando lo prepares para tus *zagalicos*. Así habla ella. Golpeado. Le parece que todo está en el *quinto pijo*. Y a los nietos los obliga a comer amenazándolos con darles un *esclate en el culo*. Hasta ahora me dice que hablo como las actrices de las telenovelas. Porque digo *sebolla, susio, Barselona*. Otra la hubiera mandado a volar, pero así nos queremos. No me imagino la vida sin ella y sus manías por lavarlo todo.

—Siéntate un rato, Petra. Otra vez estás fregando el suelo. Lavando la ropa.

—Ya lo haré cuando me muera, contesta sin hacerme caso.

Su madre era igual. La pobre no podía ni andar por la artrosis, pero no se estaba quieta. Tenía que estar en la cocina escogiendo el arroz, cortando las verduras para el hervido. Coño para arriba y coño para abajo. Acompañando sus comidas con una *copica* de vino o una *cervecica*.

Es una vaina vivir tantos años. Aquí en el edificio la mitad ya se han ido al otro barrio. Los últimos fueron los Carrasco. Y antes de ellos se fue Conchita a una residencia. Nos dio tanta pena cuando se la llevaron sus hijos. Nosotras notábamos sus fallos a la hora de las cartas. Ella que había sido tan buena para el juego, se confundía a cada paso. Contaba las mismas cosas. Vivía en el pasado. Antonia decidió ingresarla cuando la encontró llena de papelitos pegados por toda la casa. *Hoy es martes. Tengo que pedir el butano. En una semana será mi cumpleaños. Vivo al lado de Mari y debajo de Miguela*. Ya no la veremos, sentenció Petra al verla salir con la mirada perdida. Y ahora temo no verla a ella que ha sido mi única familia en estas tierras.

Andrés quisiera que me fuera con ellos a Málaga, pero no me atrevo. ¿Qué tal si me contagio en el viaje y los fastidio a ellos? No me lo perdonaría nunca. Prefiero quedarme aquí, aunque el barco se hunda.

De vez en cuando sacan algún cuerpo. Vencido por la enfermedad. Al fin libre de tanto encierro. Nos asomamos a verlo en silencio. Sin poder pronunciar un solo adiós.

A veces alguien canta. A lo lejos. Y no sabemos si es canción fúnebre o un rayo de esperanza.

Los niños juegan a las escondidas debajo de las camas y las mesas. Pintan las paredes. Destrozan las persianas. Hacen lo que pueden por llevar la calle a la sala. Disfrazándose de piratas. Montando teatros, recreando escuelas de música y danza en estas casitas de sesenta metros cuadrados.

No tengo mocos ni flemas ni esos escalofríos o fiebres a las que debo estar atenta. Solo siento un dolor profundo aquí en la boca del estómago, sobre todo por las noches. Cuando estoy en la cama y el dolor me despierta. No sé si serán los nervios de ver que los días pasan y no se resuelve nada. O de sentirme presa a todas horas. Mirando los ángulos de estas paredes. Buscando en el aire la voz de mi Petra. Descifrando las pocas sombras que proyectan mis lámparas.

Quiero pensar que es una úlcera y nada más. Que pronto saldremos a las calles. Para ver a los niños corriendo como locos. A los viejos con sus carritos de la compra, hablando de lo caras que están las cosas. Y a los taxistas tocando sus bocinas por estas avenidas. Quiero subirme al autobús y dar una vuelta. Bajarme en un parque cualquiera. Ver a la gente pasear.

Ya falta menos, *bonica*. Cualquier día te levanttodo el mal. Mi Petra. Abro las ventanas y me lleno de las luces que palpitan allá afuera. Si libramos una guerra, no hemos de morir en esta celda.

Mylene Fernández Pintado

LOS DEDOS EN EL GUANTE

Para Yadisbel y Armandito,

... y durante el próximo año, solo fabricaremos espejos y nos miraremos prolongadamente en ellos

La frase es de *Fahrenheit 451*, la novela de Ray Bradbury, escrita en 1953, uno de esos libros que no se borran ni aunque te «*reseteen*» o te den electroshocks.

Nunca he escrito ciencia ficción. Escribo ficción, que al final es como escribir sobre una realidad que no conozco totalmente o de primera mano y entonces, parece que la invento. La realidad casi siempre supera la ficción, tanto que a veces la realidad parece ciencia ficción. Como ahora, en tiempos de Coronavirus. Es increíble cómo la realidad se las arregla para sorprendernos o lo que es peor, como nosotros poco a poco, a veces con dolo y otras con culpa, la vamos construyendo, poniendo fragmentos aislados aquí y allá y por eso no vemos lo que estamos erigiendo. Hasta que el desastre está terminado y se yergue ante nosotros, descomunal, abrumador.

El tema con el que más he agobiado a mis lectores es el de la migración. He dedicado tantos diálogos y reflexiones a la disyuntiva de vivir en Cuba o emigrar que mi obsesión literaria creció, salió de mis páginas y empezó a ocupar espacio en mi realidad hasta convertirse en mi vida verdadera, mi norte magnético o mi falta de brújula. Pero a diferencia de mis personajes, no he escogido. No me he ido. No me he quedado. Vivo en dos lugares, he dividido mi tiempo, duplicado mi ciudadanía, multiplicado los idiomas, ampliado mis vacaciones, menús y puntos de vista. He reducido la cosecha de amigos del día a día, las llamadas telefónicas a horas insanas y mi ración de cotidianeidad en ambos lados. He perdido muchas cosas, he ganado muchas cosas. Me niego a ponerlas en los platillos de la balanza.

Si el Coronavirus hubiera estallado en verano o en otoño...no, estallar es un verbo que se usa mucho para señalar el inicio de una guerra, pero no estoy segura de que esto no lo sea.

Rectifico: si el virus hubiera iniciado su escalada —parece también un vocablo guerrero— en verano o en otoño, este cuento sería *Made in Switzerland.* Pero empezó a conocerse y propagarse en invierno y yo estaba en La Habana. Europa enfermaba, se agravaba, se alarmaba y se desconcertaba mientras aquí brillaba el sol y había conciertos, ferias y risas. Hasta que, en marzo, anunciaron los primeros casos en Cuba.

Cuando anunciaron el cierre de fronteras, no se me ocurrió regresar a Suiza aprovechando las últimas setenta y dos horas en las que se podía viajar. Cuando decretaron la prohibición de salida de los cubanos residentes en Cuba, pensé que los que teníamos una segunda ciudadanía no estábamos incluidos y pensando así, hice gala ante mí misma de una ignorancia injustificable en alguien que estudió Derecho y se graduó con título de oro y, sobre todo, en alguien que ha vivido en un país que, hasta finales del 2012, mantuvo el requisito del permiso de salida.

La verdad es que me enteré de lo poco que valía mi pasaporte suizo —tan respetado en todos los aeropuertos del planeta— en tiempos de Coronavirus, cuando me llamaron desde Berna, para decirme que como ciudadana suiza yo formaba parte del grupo a repatriar, pero al ser ciudadana cubana con domicilio en Cuba, me convertía en una especie de suiza *second hand* y no podía tomar el vuelo de repatriación que habían organizado.

Después de esto, la embajada suiza en La Habana me llamó tres veces, y me apuntó en otras tres listas. Luego, cerraron la embajada y suspendieron los vuelos. Según la lógica alpina, yo estaba aquí por decisión propia y todo lo que me impedía irme: las normas cubanas, las europeas y los contratos con las líneas aéreas, eran mi responsabilidad. Así que se lavaron las manos, algo que ahora hacemos todos cada cinco minutos.

De todas formas, siguieron recordándome mi pertenencia a la Confederación Helvética, mandándome facturas, los plazos para pagarlas y los avisos de eventuales recargos y acciones judiciales por impago. Cada vez que recibo estos mensajes, les escribo que no puedo pagar porque estoy en La Habana y luego que redacto mi email tan lindo en alemán, lo envío y a los dos segundos recibo una *Automatisch generierte Antwort* para comunicarme que no están recibiendo emails privados y remitirme a un *Informationen webseite*, que nunca se abre.

En Suiza uno es grande aunque sea pequeño y nada te exime de tus obligaciones. En Cuba eres pequeño aunque seas grande, como padres que siguen entrando en tu cuarto cuando tienes treinta años y estás con tu pareja en plena faena amatoria, para ver si estás protegido.

Cuando me abran la puerta de esta casa flotante, en la que estamos casi todos sanos, el siguiente escollo a salvar será el viaje hasta mi casa de Lugano, porque no hay vuelos a Suiza. Algunos países europeos sí están llevando sus ciudadanos a casa. Podría tomar un avión a Francia, Alemania o Austria. Europa está unida, somos todos ciudadanos schengen, tenemos una bandera y convertimos *La Novena Sinfonía* de Beethoven en el himno de la Unión Europea.

Pero el Coronavirus ha dividido lo que los hombres unieron. Los estados han cerrado fronteras y establecido tantos requisitos en sus territorios que corro el riesgo de terminar en un aeropuerto francés, alemán o austríaco haciendo la vida de Tom Hanks en el film de Spielberg. Aunque ahora no podría llevar la vida de Tom Hanks en *The Terminal* porque los carritos y las bandejas, los asientos y las mesas, las puertas y ventanas, los ascensores, botones, escaleras y pasamanos, las pizarras y mostradores, las pesas y bebederos, y los vendedores, camareros, policías, aduaneros, personal de las líneas aéreas y el resto de los pasajeros, TODO, está potencialmente contaminado.

Cada objeto o persona es un alien. ¿No será que desperdiciamos tanto la oportunidad de amarnos y estar cerca los unos de los otros que alguien allá arriba, un mirahuecos de la humanidad que nos espía a través del hueco que abrimos en la capa de ozono, decretó que nos fuera cancelada una posibilidad que de todas formas estábamos desaprovechando? A lo mejor nos la quitó a nosotros y la llevó a un planeta donde los habitantes no tiran latas de cerveza en las playas ni se matan por un puñado de dólares.

Desde que decretaron el aislamiento, el distanciamiento social, el nasobuco y el lema: Quédate en casa, con sus *hashtags* y sus repeticiones *ad infinitum*, me he quedado en mi casa habanera. Soy una «cuarantenada» modélica.

Mi decisión de no salir se ha convertido en sano y disciplinado hábito. Antes, pasé por la etapa de neurosis y paranoia en exteriores y por el estricto y agobiante ritual que precedía cada salida y el posterior a cada regreso. Por el terror a olvidar qué superficie toqué y cuánto tiempo permanece el virus en cada una, y terminar lavándome las manos luego de rozar cada objeto que habría podido ser tocado por mí de manera inconsciente, en los famosos diez minutos en los que el virus, llegado a mis manos por cualquier vía externa, permanece en ellas.

Coloqué en la puerta del refrigerador y en cada espejo, memorándums con el tiempo de supervivencia del coronavirus en tela, papel, cartón, algunos metales, plástico. A veces miraba mis manos y no lograba ubicar dónde habían estado en los últimos minutos, entonces volvía a enjabonarlas y frotarlas y recordaba, mientras las secaba al sol o con una servilleta, que lo último que había tocado era ese mismo jabón y esas mismas manos mientras las frotaba, dos minutos antes de este nuevo lavado, que nunca era el penúltimo, ni el antepenúltimo, y mucho menos el último de la jornada.

Cada día limpio una parte distinta de mi casa y cuando termino, vuelvo a empezar, si bien nadie entra a mi casa en estos tiempos en los que todos podemos ser asintomáticos y ninguno lo lleva escrito en la frente, que ahora es casi la única parte visible del rostro de los demás. Cuando limpio, me hago la idea de que mi casa es el mundo, que estoy esparciendo detergente y cloro por todo el planeta, que lo que se va por los tragantes no es agua, churre y espuma sino millones de peloticas coronadas y que con ellas, destierro a las alcantarillas la estupidez y la indiferencia, la enfermedad y la muerte, la ambición y el egoísmo.

Cada día abro mi caja de entretenimientos médicos, como si fuera mi *playstation* con el *FIFA 2020*. Mido mi presión, mis niveles de azúcar, me tomo el pulso y la temperatura, y anoto todo. El otro día vinieron los estudiantes de medicina que hacen pesquisas para detectar posibles casos de coronavirus, y cuando les expliqué mis índices detalladamente, se quedaron un poco sorprendidos.

Cada día veo televisión. Normalmente, la televisión es solo algo que miro para quedarme dormida. O cuando ponen esas películas que pasamos aquí antes de que se estrenen en buena parte del mundo. A veces, cuando regreso a Suiza, resulta que ya he visto todo el material cinematográfico que está aún por estrenar allá. Y me convierto en una espectadora que viene del futuro, de un mundo que en materia de cine está delante del primer mundo, un mundo cero o menos uno, y recomiendo o desaconsejo filmes a mis amigos, y opino con criterio de experta si los Oscars, o los Leones, Palmas, Osos, Conchas y Pardos de oro, son merecidos.

Pero, en estos momentos, la tv cubana no está en sintonía con el #QuedateEnCasa. Todas las películas empiezan después de las 11 de la noche, y de ahí en adelante pasan tres o cuatro, seguidas. O sea, que la idea de los de la *tevé* es que uno duerma de día, así no sale a la calle, y vea películas durante toda la noche y así tampoco sale a la calle. Como estrategia es buena, solo que la gente no tendría nada que comer.

En tiempos de Covid, he ampliado mi dosis de televisión y tengo la sensación de que ahora, sin vernos ni encontrarnos, estamos todos atentos a las mismas cosas, a la misma hora, con las mismas preocupaciones y esperanzas. Como si la lejanía física fuera sustituida por la cercanía espiritual. Me levanto temprano para estar atenta a la rueda de prensa del Ministerio de Salud Pública, y contengo la respiración hasta que dicen el número de casos confirmados. Escribo en un cuaderno las cifras de los tests, los contagiados, las altas y los fallecimientos. Calculé mi propia curva y, modestia aparte, me acerqué mucho a la que hicieron los matemáticos.

El resto del mundo me llega por el teléfono como en un libro de Bradbury. Mis amigos hacen sus cuarentenas en Lugano y Zurich, Madrid y Barcelona, Milano y Roma, Cerdeña y Sicilia, Río y Sao Paolo, Santiago y Buenos Aires, Lima y el DF mexicano. Miami, Tampa, New Orleans, New York, Houston, South Carolina, San Francisco, Los Ángeles, Seattle, Oakland… Nos mandamos emails, fotos, videos, mensajes de voz. Nos preguntamos, nos respondemos. Enviamos y recibimos memes, arco iris y corazones, trébol de cuatro hojas, sol y margaritas, abrazos y besos. Nos repetimos las mismas frases: Cuídate mucho. Te quiero.

Busco noticias cada día, como si mi celular fuera un devocionario pequeño al que acudo para nutrir mi alma. Miro el mapamundi, la lista de los países, las cifras que aumentan diariamente y que tienen nombres, apellidos, hijos, padres, hermanos, amantes, amigos. Leo las polémicas de los virólogos, de los políticos, de la gente común. Repaso las hipótesis, las medidas, las derrotas y las victorias, los signos de esperanza, la prudencia, la locura, las ganas de todos de que termine esta pesadilla. Los científicos investigan, los laboratorios experimentan. Se busca el Santo Grial. La vacuna. La cura. El elixir de la vida. El regreso a la normalidad. La anormalidad que era nuestra normalidad y que hace que ahora la normalidad sea tan anómala.

Es rara esta Habana sin música clásica, sin ballet ni danza, sin museos ni exposiciones, sin teatros ni cines, sin pachanga ni trova ni reguetón ni boleros. Sin pop ni rock. Sin restaurantes, cafeterías, hoteles, bares, discotecas, antros de mala muerte, tugurios de mala vida, racimos de gente en cada esquina, practicantes del *bisne* y del ocio, sin animales nocturnos, sin espectadores del día, sin cubanos en el muro del malecón. Sin aviones en el cielo, trayendo *yumas*. Sin esos *yumas* de infantería, sudados, con su botellita de agua y su cámara fotográfica, y sin los *yumas* motorizados, arrellanados en los almendrones *technicolor*, con gafas, pañuelos, sombreros, gorras y habanos. Todos con un gran futuro como pacientes de las salas de quemados por insolación. Es esta, una Habana sin jazz hasta la madrugada, sin ruedas de casino, sin fiestas, descargas, dominó o trivial, sin ver los amigos, sin abrazarnos y besarnos a nuestra usanza, como si fuéramos Ulises y Penélope, aunque nos hayamos visto el día antes.

Si el coronavirus hubiera estallado en verano o en otoño, yo estaría en Suiza, aislada y distanciada. No sé cómo sería este relato escrito en Suiza, quizás más interesante, o quizás no habría relato. Escribo muy poco en Suiza y eso no es culpa de nadie. Imagino que me levanto en mi casa de Lugano y desayuno leche de vacas suizas con el Nescafé que inventaron ellos sin tener plantaciones de café. Luego voy al supermercado en auto, lleno el carrito de la compra con montañas de productos, siempre con miedo a tocar los carritos, los productos, las superficies y las cajas *self service*. Llego a la casa y coloco todo en el sótano, en los armarios, en el refrigerador y me olvido de la comida por un mes. Aprovecho mi tiempo libre y mi súper internet para oír música, ver películas, descargar información, hablar con otros aislados, saturarme de noticias o enajenarme. Luego aporreo mi piano y pedaleo en mi bicicleta fija, aislada y distante. Sin agua que hervir, filtrar y dejar refrescar para luego poner en botellas, ni queso, leche, miel, papel higiénico, jabón o pechuga de pollo que perseguir, ni remolachas y habichuelas que lavar y cocinar a fuego lento.

Vivir en dos sitios tan distintos, hace que a veces me pregunte si es normal esto o aquello, si el hecho de moverme de uno al otro lado del espejo hace que juzgue la normalidad de un lugar con las normas del otro y viceversa. Y eso me lleva a pensar en cuál es mi normalidad promedio. Luego me respondo que quizás la falta de norma sea mi vida normal.

A lo mejor alguien piensa que me estoy volviendo loca. No es cierto. El aislamiento no está dañando mi psiquis. Quizás porque en La Habana, uno no está solo ni aunque esté encerrado y no abra la puerta. Hay una manera muy rara en la que la ciudad se mete en tu casa, en forma de moléculas de Habana. A lo mejor La Habana es un elemento nuevo de la tabla de Mendeléiev con un peso específico muy pequeño, un gas ligero que flota y está en todas partes y entonces ya es como si en lugar de ser un elemento químico, identificado como Hv, porque la H le pertenece al Hidrógeno, se volviera el Espíritu Santo y saltáramos de la Física para la Teología.

Además, en La Habana hablamos por teléfono, y cuando digo teléfono me refiero al viejo y fiel aparato fijo que no se usa mucho en el mundo moderno, y aquí sigue uniendo almas. Ahora #EstamostodosEnCasa y los encuentros han sido sustituidos por largas charlas telefónicas como las de la adolescencia. Me han contado muchas historias. A paga para que le boten la basura porque está convencido de que el Covid lo está esperando agazapado entre los bidones de la esquina de su casa. B me dice que el aislamiento le ha provocado agorafobia, dejó de salir a la calle, de asomarse al portal, abandonó la sala y se fue retirando hacia la parte de atrás de su casa hasta llegar a la cocina, donde pasa todo el día. Según C, La Habana sin turistas le recuerda la de nuestra infancia, cuando todos estábamos aquí y el resto del mundo existía solo en las películas. D siente alivio porque al menos, el *night club* de los bajos de su apartamento está cerrado y puede componer en paz durante la noche sin que lo interrumpan la algarabía y las reyertas de borrachos y trasnochados. Opinamos sobre la curva, el cierre de fronteras, las colas y los abastecimientos, el turismo y las remesas. Nos preguntamos qué va a pasar cuando todo pase. Intercambiamos conjeturas, chismes, chistes. Nos damos ánimo.

Estar confinada no me pone nerviosa. Soy lo que se dice una tipa tranquila y el ocio se me da bastante bien. No es que sea sedentaria, me gusta caminar, montar bicicleta y nadar. Ahora no se puede caminar por gusto, pero como no hay transporte público, se camina mucho para llegar hasta las tiendas en las que venden comida y luego se hacen colas que duran horas. Como las colas son tan largas se camina bastante desde que uno marca hasta que llega a la puerta. Y luego se camina para regresar a casa, cargado con las compras. Una especie de deporte extremo de la necesidad que involucra, además de casi todos los músculos, el sistema nervioso.

Aquí siempre ha habido muchas colas y muy poco transporte. En tiempos de coronavirus se han intensificado la abundancia de las primeras y la carencia del segundo. No tenemos supermercados que asaltar ni medios para llevarnos el botín a casa. El transporte público se redujo a su mínima expresión porque muchas personas, en vez de quedarse en sus hogares, dedicaban el tiempo libre a visitar amigos y parientes, o sea, a socializar en tiempos de distanciamiento social.

Las colas se han sofisticado mucho. Reparten tickets que últimamente han sido sustituidos por unas pegatinas que se colocan en el dorso de la mano de los integrantes de la fila para evitar contactos durante la fase de dar y devolver los tickets. Los organizadores de colas ostentan una franja roja en la manga que indica que les está permitido acercarse a los de la cola para imponer distancia, exigir el uso del nasobuco u otras normas de disciplina.

Lo de las colas y las compras, lo estoy contando en clave ligera, pero es carga pesada. Las familias están preocupadas cada día, por los productos a los que se accede levantándose muy temprano para ser de los primeros en las filas, por lo que no hay y por lo que se agota, por lo que cuesta caro, por las necesidades que se incrementan cuando están todos en casa, cuando hay que mantener una higiene de quirófano, lavar y purificarlo todo, sustituir lo que se va acabando y contar el dinero que se escurre entre las manos, ahora sin las entradas económicas de los tiempos normales y muchas veces sin las remesas de familiares que, en otras partes del mundo, también están contando el dinero porque se han quedado sin trabajo.

Yo no lo estoy padeciendo. Pero sucede, aunque no me suceda a mí. En italiano se dice «*Non avere a cuore significa non avere cuore». Cuore* quiere decir corazón, el de todos y cada uno de nosotros.

No he ido a las tiendas, no he hecho colas. Soy muy afortunada en estos tiempos de filas y caminatas. He encontrado dos formas de abastecerme: Una, es encargar comida y productos en los *delivery* que han aparecido en los grupos de *WhatsApp.* Algunos van al agro y te traen a casa frutas, viandas y verduras. Otros, carne, leche, yogurt, helados, cakes, dulces, pan, frijoles, embutidos. Los hay de comida criolla, vegetariana, mexicana, italiana, platos de la India y de Sri Lanka. Seguro piensan que lo de Sri Lanka es una exageración. Pues no. Ayer mismo me trajeron *cuttles*, son unas croquetas redondas, a base de yuca, papa, atún y especies como *curry* y *chily powder.* Somos muchos los clientes de estos grupos y nos comunicamos también entre nosotros, nos intercambiamos los nombres de otros grupos *pret a porter*, y nos mandamos emoticones y recetas. Soy «contacto» de Mr Grey, Aliorka, Klaus, Mis Tesoros, Dayrito, Muchy, Imma, Ro, Yorlim y Ricky, entre otros. A lo mejor después del Covid, decidimos reunirnos y conocernos de verdad.

La otra, es la suerte de tener unos amigos que son como los ángeles guardianes de los cuadros de Murillo. Son jóvenes, listos, generosos y han decidido compartir todo conmigo. Hacen las colas, estoicos y optimistas y cuando están dentro de la tienda, me llaman por teléfono y me recitan la lista de productos para que yo les diga lo que necesito y luego me lo traen a la casa. No lo hacen solo por mí, también por las familias de ambos y por otros amigos necesitados. Llegan a mi puerta sonrientes como si en vez de venir cargados luego de cuatro horas de cola, acabaran de regresar de un *re-*

sort en Cayo Coco. Al verlos, redescubro que la palabra gracias o cualquiera de sus parientes no dan abasto, que intentar recompensarlos de alguna manera es una precariedad de mi alma y mi bolsillo. Que hay acciones tan inmensamente bondadosas que ni construyendo una escalera al cielo se pudieran rozar.

Para liberar endorfinas en estos tiempos de ansiedad y claustrofobia, pedaleo en mi bicicleta estática, miro La Habana y el mar, y hablo con un grabado de mi mejor amiga que murió hace nueve años. Le cuento que hay coronavirus y que el mundo sin aviones ni barcos se ha vuelto incierto como cuando no se sabía nada de él y se pensaba que la Tierra era plana y al llegar al borde, las naves caían al abismo. Que este virus parece empeñado en dinamitar lo que nos caracteriza como seres humanos, el contacto, la calidez del otro a nuestro lado. No nos vemos, no nos tocamos, no nos besamos, no nos abrazamos, no estamos juntos. Pero a la vez, lejos, solos, temerosos y desconfiados, nos une la revelación de la fragilidad de la vida, el miedo a la muerte, a la enfermedad y a la pobreza, nos convocan la incertidumbre, la desesperación, la esperanza y los propósitos de hacerlo todo mejor en el futuro.

Si estuviera en Suiza, me pondría a pedalear mirando los árboles y flores del jardín, el afiche del libro *La Conjura de los necios* que me regalaron mis editores italianos, y la pianola donde practico las lecciones de piano de mi infancia. En vez de hablarle a mi amiga y contarle cosas, escucharía una *playlist* de música en YouTube o Spotify compuesta por las mismas canciones que oíamos juntas. Y esos buenos recuerdos, serían mi mayor dosis de Omega 3.

He leído que el mar, que todo lo cura, cura también el Coronavirus. Pero ya dijeron en la tv que 'nananina' de playa por ahora, porque la playa significa grandes grupos de bañistas felices, que se contagian al son de música y ron. Es tentación y suplicio mirar el mar, saber que Santa María del Mar está cerca y que ahora mismo, si no hubiera Coronavirus, yo estaría nadando en aguas cálidas y transparentes, rodeada de azul y mirando la arena blanquísima.

En Suiza, no tengo mar ni playa. Voy al lago de Lugano para aplacar las ganas de nadar en verano. Voy a la piscina municipal para aplacar las ganas de nadar en otoño. A veces me voy de Suiza, en pos del mar. Y cada día, después de nadar en otras costas, relajada y feliz como una niña, le agradezco a esas otras playas y luego les pido disculpas antes de decirles que ninguna, ninguna, es como las de «allá».

El mar es el final del fragmento de La Habana que se abre ante mi terraza, y que paladeo desde el sillón en el que leo, desde la bicicleta en la que me ejercito, desde el sofá en el que escucho música o el escritorio donde tecleo estos párrafos. El mar es mi fe. Mi psiquis está funcionando bien pese a la avalancha de desazón porque estoy aquí. Esta casa, es la casa de mi infancia, la que en Suiza llaman «la casa de familia». Tuve una familia y vivimos aquí hasta que cada uno se fue a un lugar diferente. Mi padre se marchó cuando se divorció de mi madre, mi hermana emigró a Miami, y mi madre murió. Solo quedo yo. Y tampoco estoy todo el tiempo, solo un *fifty percent*. Me digo que mi casa me necesita. No me digo que quizás soy yo quien la necesita a ella. Pero hoy, mientras pedaleaba, le dije a la casa que estoy serena porque estamos juntas. Que es como decirle a alguien «te amo y no puedo vivir sin ti».

En estos tiempos he leído casi un libro diario. El último fue *Fahrenheit 451*. Bradbury era un autor que nos gustaba a todos en mi familia, quizás por eso volví a él en vez de leer algo nuevo. Soy yo la nueva, tengo muchísimos más años que cuando lo leí por primera vez. Ayer, mientras leía esas últimas páginas que son un crescendo del que es imposible despegarse, empezó a ponerse el sol. Los ocasos, sin gente en las calles, tienen ahora todo el protagonismo. *Le Roi Soleil* está reviviendo los tiempos del absolutismo monárquico.

Alcé los ojos y disfruté, fundidos, el final del día y el final del libro. Lo hice por dos razones, la primera es que las puertas de mi terraza son de cristal así que, aunque las cierre sigo viendo el sol, el mar, las nubes y el cielo. Y la segunda, porque de alguna manera, ambas cosas eran lo mismo, como si Bradbury hablara de este virus y el ocaso supiera. Como si las páginas estuvieran escritas en la bóveda naranja, rosada, violeta y no hubiera texto sino esos tonos y ahí estuviera todo dicho.

Miro la puesta de sol, mientras en las últimas páginas de *Fahrenheit 451*, amanece. Casi puedo ver el grupo de profesores, filósofos, bibliotecarios, sociólogos, curas, científicos, que camina por la línea del tren, que se reúne alrededor del fuego, que habla, se toca y se anima, mientras ese mundo modernísimo en el que poseer libros es un delito, explota y se reduce a la nada. Un grupo en el que cada uno ha aprendido de memoria un libro para guardarlo en su cabeza, donde nadie pueda verlo ni sospechar de su existencia.

A estas alturas de mi vida, no creo que podría aprender un libro de memoria, así que seguramente no me admitirían en ese grupo que siento tan cerca como si los acompañara. El otro día estaba viendo jugar al Barça y no lograba acordarme del nombre de un delantero, recordaba solo que mordía a los jugadores del equipo rival, como si eso fuera un epíteto, como si yo no recordara que Héctor, el personaje de la Ilíada, se llama Héctor y lograra evocarlo solo como el domador de caballos, o como si Aquiles fuera un sin nombre de pies ligeros. El jugador que muerde sería el epíteto y por eso me vino a la mente Mike Tyson, que no es jugador de fútbol sino boxeador, pero también mordió un contrincante. El caso es que estuve sentada frente a la tv sin concentrarme en el juego, solo apostando a que fuera capaz de recordar el nombre del futbolista que muerde, hasta que el comentarista dijo: ¡¡¡Goooooooooool de Suárez!!!! Fue como si me soplara la respuesta de un examen. Ahí recordé que se llama Luis Suárez. Podría achacarlo a algún síntoma del Coronavirus, han dicho que se pierde el gusto y el olfato, pero la verdad es que no he oído nada de que se pierda la memoria.

Granger, el jefe de este grupo de vagabundos por fuera y bibliotecas por dentro que camina al final de *Fahrenheit 451*, dice que nosotros, como el Ave Fénix, a cada rato encendemos una hoguera y nos quemamos en ella, luego resurgimos de las cenizas y renacemos, pero que a diferencia del Ave Fénix, sabemos todas las tonterías que hemos cometido durante millones de años, y si las recordamos y conservamos ese recuerdo donde podamos verlo, algún día dejaremos de arrojarnos al fuego.

Pienso en un grupo de personas como el de la novela, pero en vez de la línea del tren en las afueras de Chicago, nosotros estamos en La Habana y caminamos por el malecón. Somos muchos y somos de todas partes, somos todas las buenas personas del planeta. Caminamos sin miedo porque ya no hay virus, caminamos resueltos porque tenemos planes, como los del grupo de Granger, construir un mundo nuevo con materiales reciclables y con todo lo que hay en nuestras cabezas y en nuestros corazones. Como ese grupo, sabemos las estupideces que hemos cometido y sabemos que debemos conservar su recuerdo para que no sea vano el ayer.

Para que no sea vano este hoy, en el que temerosos y temerarios, atolondrados y serenos, optimistas y pesimistas, conscientes e irresponsables, solidarios y egoístas, generosos y mezquinos, nos quemamos en la misma pira funeraria. Bradbury está convencido de que *algún día la carga que llevamos con nosotros podrá ayudar a alguien.*

Santiago García-Castañón

CIUDAD VACÍA

Las calles se retuercen silenciosas
exprimiendo sus sombras mortecinas,
apenas se vislumbran las esquinas
bajo las tenues luces tenebrosas.

No hay nadie que encamine sus ociosas
pisadas hacia oscuras marquesinas,
no hay vida entre las sombras y las ruinas,
y yo aquí solo, en medio de las cosas.

Y yo aquí solo, en medio de la noche
apenas perturbada por un coche
en la ciudad ausente y desolada.

Y yo aquí solo, hurgando en los reflejos
de lo que tuve ayer y hoy está lejos.
Y yo aquí solo, en medio de la nada…

Cristián Gómez Olivares

QUE DA LA VIDA SIN TENERLA

gcaccaacaaagguuacuuuuggugaugacacugugauagaagu-
gcaagguuacaagagugugaauaucacuuuugaacuugaugaaa-
ggauugauaa**agua**cuuaaugagaagugcucugccuauacaguu-
gaacucgguacaga**agua**aaugaguucgccuguguuguggca-
gaugcugucauaaaaacuuugcaacc**agua**ucugaauuacuua-
caccacugggcauugauuuagaugagugg**agua**uggcuacaua-
cuacuuauuugaugagucuggugaguuuaaauuggcuucacau-
auguauuguucuuucuacccuccagaugaggaugaagaagaag-
gugauugugaagaagaagaguuugagccaucaacucaauaug**a**-
guaugguacugaagaugauuaccaagguaaaccuuuggaauuu-
ggugccacuucugcugcucuucaaccugaagaagagcaagaagaa-
gauugguuagaugaugauagucaacaaacuguuggucaacaaga-
cggcagugaggacaaucagacaacuacuauucaaacaauuguuga-
gguucaaccucaauuagagauggaacuuacaccaguuguucaga-
cuauugaagugaauaguuuuagugguuauuuaaaacuuacuga-
caauguauacauuaaaaaugcagacauuguggaagaagcuaaaaag-
guaaaaccaacagugguuguuaaugcagccaauguuuaccuuaaa-
cauggaggagguguugcaggagccuuaaauaaggcuacuaacaau-
gccaugcaaguugaaucugaugauuacauagcuacuaauggacca-
cuuaaagugggugguaguuguguuuuaagcggacacaaucuug-
cuaaacacugucuucauguugucggcccaaauguuaacaaggu-
gaagacauucaacuucuuaagagugcuuaugaaaauuuuaauca-
gcacgaaguucuacuugcaccauuauuaucagcugguauuuuu-

ggugcugacccuauacauucuuuaagaguuuguguagaua-
cuguucgcacaaaugucuacuuagcugucuuugauaaaaau-
cucuaugacaaacuuguuucaagcuuuuuggaaaugaagagu-
gaaaagcaaguugaacaaaagaucgcugagauuccuaaagaggaa-
guuaagccauuuauaacugaa**agua**aaccuucaguugaacaga-
gaaaacaagaugauaagaaaaucaaagcuuguguugaagaaguua-
caacaacucuggaagaaacuaaguuccucacagaaaacuuguua-
cuuuauauugacauuaauggcaaucuucauccagauucugccacu-
cuuguuagugacauugacaucacuuucuuaaagaaagaugcuc-
cauauauagugggugauguuguucaagaggguguuuuaacug-
cugugguuauaccuacuaaaaaggcugguggcacuacugaaau-
gcuagcgaaagcuuugagaaaagugccaacagacaauuauauaac-
cacuuacccgggucaggguuuaaaugguuacacuguagaggagg-
caaagacagugcuuaaaaaguguaaaagugccuuuuacauucuac-
caucuauuaucucuaaugagaagcaagaaauucuuggaacuguuu-
cuuggaauuugcgagaaaugcuugcacaugcagaagaaacacg-
caaauuaaugccugucuguguggaaacuaaagccauaguuucaa-
cuauacagcguaaauauaaggguauuaaaauacaagagggugug-
guugauuauggugcuagauuuuacuuuuacacc**agua**aaacaa-
cuguagcgucacuuaucaacacacuuaacgaucuaaaugaaacu-
cuuguuacaaugccacuuggcuauguaacacauggcuuaaauuu-
ggaagaagcugcucgguauaugagaucucucaaagugccagcua-
caguuucuguuucuucaccugaugcuguuacagcguauaaug-
guuaucuuacuucuucuucuaaaacaccugaagaacauuuuauu-
gaaaccaucucacuugcugguuccuauaaagauugguccuauu-
cuggacaaucuacacaacuagguauagaauuucuuaagagaggu-
gauaaaaguguauauuacacu**agua**auccuaccacauuccaccua-
gauggugaaguuaucaccuuugacaaucuuaagacacuucuuu-
cuuugagagaagugaggacuauuaagguguuuacaac**agua**ga-
caacauuaaccuccacacgcaaguuguggacaugucaaugacauau-
ggacaacaguuugguccaacuuauuuggauggagcugauguua-
cuaaaauaaaaccucauaauucacaugaagguaaaacauuuuau-
guuuuaccuaaugaugacacucuacguguugaggcuuuug**agua**-

cuaccacacaacugauccuaguuuucuggguagguacauguca-
gcauuaaaucacacuaaaaaguggaaauacccacaaguuaaug-
guuuaacuucuauuaaaugggcagauaacaacuguuaucuugc-
cacugcauuguuaacacuccaacaaauagaguugaaguuuaauc-
caccugcucuacaagaugcuuauuacagagcaagggcuggugaa-
gcugcuaacuuuugugcacuuaucuuagccuacuguaauaaga-
c**agua**ggugaguuaggugauguuagagaaacaaugaguuacuu-
guuucaacaugccaauuuagauucuugcaaaagagucuugaa-
cgugguguguaaaacuuguggacaacagcagacaacccuuaag-
gguguagaagcuguuauguacaugggcacacuuucuuaugaa-
caauuuaagaaagguguucagauaccuuguacgugugguaaa-
caagcuacaaaauaucu**agua**caacaggagucaccuuuuguu-
augaugucagcaccaccugcuc**agua**ugaacuuaagcauggua-
cauuuacuugugcuagug**agua**cacugguaauuaccagugugu-
cacuauaaacauauaacuucuaaagaaacuuuguauugcauagac-
ggugcuuuacuuacaaaguccucagaauacaaagguccuauuac-
ggauguuuucuacaaagaaaacaguuacacaacaaccauaaacca-
guuacuuauaaauuggaugguguuguuuguacagaaauugacc-
cuaaguuggacaauuauuauaagaaagacaauucuuauuucaca-
gagcaaccaauugaucuuguaccaaaccaaccauauccaaacgcaa-
gcuucgauaauuuuaaguuuguaugugauaauaucaaauuugcu-
gaugauuuaaaccaguuaacugguuauaagaaaccugcuucaaga-
gagcuuaaaguuacauuuuucccugacuuaaauggugauguggug-
gcuauugauuauaaacacuacacacccucuuuuaagaaaggag-
cuaaauuguuacauaaaccuauuguuuggcauguuaacaaugcaa-
cuaauaaagccacguauaaaccaaauaccugguguauacguugu-
cuuuggagcacaaaaccaguugaaacaucaaauucguuugaugua-
cugaagucagaggacgcgcagggaauggauaaucuugccugcgaa-
gaucuaaaaccagucucugaaga**agua**guggaaaauccuaccaua-
cagaaagacguucuugaguguaaugugaaaacuaccgaaguugua-
ggagacauuauacuuaaaccagcaaauaauaguuuaaaaauua-
cagaagagguuggccacacagaucuaauggcugcuuauguaga-
caauucuagucuuacuauuaagaaaccuaaugaauuaucuag**a**-

guauuagguuugaaacccuugcuacucaugguuuagcugcu-
guuaauagugucccuugggauacuauagcuaauuaugcuaa-
gccuuuucuuaacaaaguuguu**agua**caacuacuaacaua-
guuacacgguguuuaaaccguguuuguacuaauuauaugc-
cuuauuucuuuacuuuauugcuacaauuguguacuuuuacua-
ga**agua**caaauucuagaauuaaagcaucuaugccgacuacuaua-
gcaaagaauacuguuaagagugucgguaaauuuugucuagag-
gcuucauuuaauuauuugaagucaccuaauuuuucuaaacu-
gauaaauauuauaauuugguuuuuacuauuaaguguuugccua-
gguucuuuaaucuacucaaccgcugcuuuagguguuuuaaugu-
cuaauuuaggcaugccuucuuacuguacugguuacagagaagg-
cuauuugaacucuacuaaugucacuauugcaaccuacuguacu-
gguucuauaccuuguaguguuugucuuagugguuuagauu-
cuuuagacaccuauccuucuuuagaaacuauacaaauuaccauuu-
caucuuuuaaaugggauuuaacugcuuuuggcuuaguugcaga-
gugguuuuuggcauauauucuuuucacuagguuuuucuaugua-
cuuggauuggcugcaaucaugcaauuguuuuucagcuauuuu-
gc**agua**cauuuuauu**agua**auucuuggcuuaugugguuaaua-
auuaaucuuguacaaauggccccgauuucagcuaugguuagaau-
guacaucuucuuugcaucauuuuauuauguauggaaaguuau-
gugcauguuguagacgguuguaauucaucaacuuguaugaugu-
guuacaaacguaauagagcaacaagagucgaauguacaacuauu-
guuaaugguguuagaagguccuuuuaugucuaugcuaauggag-
guaaaggcuuuugcaaacuacacaauuggaauuguguuaauugu-
gauacauucugugcuggu**agua**cauuuauuagugaugaaguugc-
gagagacuugucacuacaguuuaaaagaccaauaaauccuacugac-
cagucuucuuacaucguugauaguguuacagugaagaagguuc-
cauccaucuuuacuuugauaaagcuggucaaaagacuuaugaaa-
gacauucucucucucauuuuguuaacuuagacaaccugagag-
cuaauaacacuaaagguucauugccuauuaauguuauaguuuuu-
gaugguaaaucaaaaugugaagaaucaucugcaaaaucagcgucu-
guuuacuacagucagcuuaugugucaaccuauacuguuacua-
gaucaggcauuagugucugauguuggugauagugcggaaguu-

gcaguuaaaauguuugaugcuuacguuaauacguuuucaucaa-
cuuuuaacguaccaauggaaaacucaaaacacuaguugcaacug-
cagaagcugaacuugcaaagaauguguccuuagacaaugucuuau-
cuacuuuuauuucagcagcucggcaaggguuuguugauucagau-
guagaaacuaaagauguuguugaaugucuuaaauugucacau-
caaucugacauagaaguuacuggcgauaguuguaauaacuauau-
gcucaccuauaacaaaguugaaaacaugacaccccgugaccuug-
gugcuuguauugacuguagugcgucauauuaaugcgcaggua-
gcaaaaagucacaacauugcuuugauauggaacguuaaagauuuc-
augucauugucugaacaacuacgaaaacaaauacguagugcug-
cuaaaaagaauaacuuaccuuuuaaguugacaugugcaacuacua-
gacaaguuguuaauguuguaacaacaaagauagcacuuaagggug-
gu

(Secuencia del RNA de la proteína NSP3, parte del Covid 19)

«Ámame, mujer, como el agua.
Que da la vida sin tenerla».

Carlos Lechuga

AMOR Y VIRUS

Estar enamorado es una talla rara con cojones. Toda tu vida pasa a un segundo plano y comienzas a priorizar todo lo que tenga que ver con esa mujer, ese hombre o esa persona no binaria. Imagínate que estamos hablando en este caso, de una mujer, que hasta hace poco era una desconocida.

Una desconocida, que tiene unos padres, unos abuelos, unos bisabuelos, unos tatarabuelos: una pila de gente para allá atrás súper desconocidos también.

El mundo está lleno de seres humanos desconocidos, que un día, por azar, te dan la mano, te pegan un virus y te matan pal carajo. Pues el amor es un poco una cosa así. No lo sabes, ni tienes cómo explicarlo, pero se te pega y no te mata (en la mayoría de los casos, no estamos en la época del joven Werther) pero mortifica. Como esas pegatinas de carros viejos: la envidia no mata, pero mortifica.

¿Por qué estoy hablando toda esta mierda en vez de seguir viendo la serie? Sencillamente porque tengo una sensación rara, entre encabronamiento y encierro. Porque cuando uno está enamorado uno está atrapado. Al principio lo negué y luché contra eso, pero como soy curioso con los memes y las boberías, vi una publicación zen que decía algo así como no luches, acéptalo y solo así podrás avanzar.

Pues bueno, esta muchacha de la que estoy enamorado, no sé si hace las cosas a propósito, en onda de hacerme un favor, para que yo siga teniendo temas para escribir (gracias, ya que vivo de esto); o realmente es la mujer más despistada de la galaxia en cuestiones de amor.

La situación comenzó anoche cuando unos amigos la invitaron en medio de la cuarentena a una cena esta noche. A mí no me habían invitado y ella me insistió para que yo haciéndome el loco escribiera para que me invitaran. Yo no estaba mucho para salir, pero podía ser una buena experiencia para presentarnos como enamoraditos.

Tenía un miedo del carajo, imagínate salir, enfermarme. En la mañana mi enamorada me insistió y le preguntó a los anfitriones si yo iba. Nada, que acabaron invitándome.

El punto[1] (yo) le tuvo que dar una muela tremenda a su señora madre para que no se preocupara y así poder coger calle.

Crema antivirus en las manos, dos trapos cubriéndome la cara, una nota en el pantalón para acordarme luego de dejar toda la ropa y los zapatos en la puerta, en fin, blindado.

---

[1] Punto. Usado en tono despectivo en el lenguaje informal de Cuba. Adquiere significación diferente según el uso: Cuando refiere a un sujeto masculino, como en el caso de este texto, define al hombre heterosexual que por ingenuidad o por indolencia, es burlado, engañado y/o manipulado en una relación amorosa, lo que lo convierte en el hazmerreír a escala social. Cuando es usado para un sujeto femenino, refiere a la vida licenciosa, la sexualidad socialmente determinada como excesiva y/o una agencia femenina que permea los límites de la moralidad a la que ha sido constreñida la mujer.

Salí, en la billetera lo único que tenía era 20 dólares, y no podía llegar con las manos vacías. Compré una botella de 7, un taxi para allá de 6 y otros 6 para regresar. O sea, me quedaría con 1 dólar para el resto de abril, total, da igual, nadie sabe lo que pasará mañana.

A todas estas el plan era salir del closet y decirles a los amigos que estábamos saliendo y regresar juntos a mi casa.

El punto, era tan punto, que con el dólar que le quedaba compró una caja de cigarros para la susodicha. ¡Candela!

Llegué a la cena, ella se demoró par de horas en llegar, realmente me daba igual y si ella no hubiera ido quizá yo sí caía, ver a los amigos y salir del encierro. Me ayudaría para el coco.

Pero ella sí fue y teníamos un plan. Un plan que olvidó. Nada, para no hacer largo el cuento, que me evitó todo el tiempo, no quería que nadie se enterara y para colmo de males decidió no regresar conmigo a mi casa. Le daba pena con los amigos. Imagínate, ¿Qué les voy a decir? Me dijo. No tenía pena conmigo. Total. Yo era el puntico que estaba muerto en la carretera. Lo entendí. Regresé a mi casa y ahora estoy cagado, sentado en el sofá, con miedo a si me contagié por salir. Ahora debo esperar dos semanas y algo para saber si por amor me cogió el virus.

Este tipo de cuestiones pedestres, a mis casi 40 años, me llama la atención. La pandemia ha demostrado que no somos nada, que no sabemos cuántos días nos quedan, por eso me duele más. No entiendo cómo una persona enamorada se puede perder una noche con su amada o amado. No sé. A mí no se me ocurriría.

En momentos de Coronavirus ponerme bravo, hacerme el duro, discutir, no me parecen cosas sensatas, pero al mismo tiempo me quedo con un sabor de boca un poco desagradable. Y ella sabe bien que, si se me para delante y me mira, una sonrisita, ya, me voy a derretir.

Tengo que ponerme zen y no sé, dejar de luchar, aceptarlo todo. Hasta que se me pase y vuelva a la normalidad. A priorizar mi vida. Pero al mismo tiempo ahora no quiero descargarle a esa talla, estoy muerto en la carretera con esa sujeta.

Como el gato del experimento que, dentro de la caja, si no lo vemos, está vivo y muerto a la vez. Así me siento, con ganas de estar preso de su amor, pero al mismo tiempo con ganas de ser libre y seguir siendo yo.

El virus me ha mantenido encerrado mucho tiempo y ya he empezado a enloquecer. Salir un poco puede matarte, pero también ayuda a la cabeza.

No tener dinero, tener ganas de fumar y tener una sola carpeta de porno que ya he visto 500 veces es duro. Pero a fin de cuentas uno está vivo y ama, así que uno es un punto, pero un punto afortunado. Privilegiado.

El aburrimiento te hace pensar mil boberías y no dejo de reflexionar en las cosas de la vida. En lo poquita cosa que somos y en los caminos oscuros en que nos metemos por gusto.

Ella, con su amor, me salvó de los entresijos del ego. Desde que apareció ya no me quitan el sueño las tallas del cine, de los lobbys, de estar en buenas con este, de estar en la lista de las mejores películas, de los programas a los que te desinvitan. De todo lo feo me salvó.

Ahora solo pienso en tener un dinerito para sus cigarros, para mis tabacos, para nuestras cervezas y en poder estar a su lado. En poder agarrar sus manos y besar cada uno de sus deditos, en ponerme su pie en la oreja como si fuera un teléfono y en burlarme de su ombliguito socialista.

Quisiera poder ser más abierto y no coger lucha con las boberías, como la de esta noche, y ser un relajado de la vida. Total, va a pasar lo que tenga que pasar. No sé.

Pero amar es una talla super loca y el desamor viene incluido. Y es más fácil escribir del desamor. La escritura me permite desahogarme. Empecé a escribir para eso, para soltar, me daba igual el estilo, ser buen escritor, ser considerado un escritor o no; solo lo hacía para soltar.

En momentos del virus del amor, del desamor y del Corona, soltar, poder vomitar, ayuda a no estar solo.

Solo en el amor, solo en la sospecha. En la sospecha de la enfermedad, el dolor y la muerte.

El virus no es más que un catalizador, agarra una carga simbólica loca, todos vamos a morir, pero el virus nos adelanta esa fecha.

El querer con locura es lo mismo, es un compendio de todos los sentimientos que puedes tener, pero comprimidos, extremos, más duros.

Ya estoy desvariando.

Nada, que son las dos de la madrugada y abro un nuevo documento. Escribo:

Hace unos años una santera me dijo que me habían hecho un trabajo. Un trabajo malo que estaba tapado. Cubierto por un velo negro. Una tela que no me dejaría ver las cosas importantes de la vida. Un trapo que no me iba a dejar tomar la decisión correcta.

Hace unos meses, un amigo me invitó a la costa, y allí estaba, casi por conspiración, una conocida de hace tiempo. Éramos un grupo de unas doce personas. La conocida se entretuvo jugando con la niña de la casa. Pero a cada rato levantaba la vista y me miraba.

Una especie de manto de luz se apodero de mí. Y de repente me vi cocinando, embullado. Hacía mucho que no cocinaba ni encontraba consuelo en nada, en nada de esta isla.

Una mesa plástica blanca necesitaba que le pusieran las patas, una a una. Y esa pequeña tarea me tocó. Hechizado por esa mirada, puse cada una de esas patas como si fuera un súper héroe. Estaba feliz.

Comimos con las manos. Nos metimos al mar. Y en un momento, mi mano tocó el pie de la conocida.

Después hubo que hacer una foto del grupo y allí estaban sus ojos otra vez. Hice un zoom y en ese momento tan grupal, éramos solo ella y yo.

Me detengo. Perdón, me detiene la llegada de un sentimiento, una sensación que versa sobre lo efímero de todo. Lo rápido que pasamos, que queremos. Una mirada que solo esta en una cabeza. Una cabecita llena de ideas que pronto no estará.

Una mirada plasmada en un texto que estará en internet y que pronto será olvidado y borrado del internet.

Una mirada pixelada, una ola pixelada, hoy sí, un soplito y ya mañana no.

Estar dispuesto a amar, a sentir, a no ser un turista de la vida, un extraterrestre alejado de las cosas dolorosas de esta tierra; es cosa de gente valiente.

Soy afortunado: amo. Ahora que venga la fiera, que la estoy esperando.

Consuelo Martínez Reyes

GRIS

Caminaba por el pueblo pensando en cómo habían cambiado las cosas ahora que la economía llevaba par de años sin probar que podría superar la crisis. El supermercado que había visitado su madre todos los fines de semana se había reducido a unas cuantas hileras de productos indispensables, y el espacio que antes albergaba los congeladores y el almacén había sido rentado a distintos pequeños empresarios que, igual que el propietario, buscaban sobrevivir con el poco dinero que circulaba en estos días. La gente visitaba a los mercaderes cuando aparecían por alguna esquina con frutas y vegetales traídos desde el campo, pero lo que antes había sido ciudad, lucía ya como un recuerdo de su niñez: entrecortado e inseguro de sí mismo, mitad real y mitad inventado. El ver el sol bajar le incitó a entrar en el bar que la acogió la mayoría de sus años de juventud, cuando los sueños, los tragos y los novios eran muchos. Contó sentados a tres muchachas y un chico, todos moviendo la cabeza al compás de la guitarra de quien tocaba en la pequeña tarima. Las sillas vacías no le importaban a nadie, tampoco la falta de ambiente, la pintura descascarada de las paredes o el piso sin losetas. Habían hecho las paces con su nueva realidad y gastar dinero en una cerveza más no les haría más pobres.

Salió de allí para encontrarse con ese cielo oscuro que caracterizaba la nueva ecología. Una señora con su niña de algunos cuatro o cinco años trataba de caminar de prisa por la calle, pero la pequeña no se lo permitía. Señalaba a lo lejos e insistía: «Mira, mamá, mira, ahí vienen». La sonrisita a veces era interrumpida por un gesto con el que intentaba cubrirse el rostro alzando y cruzando los brazos. Pero luego los bajaba, observaba anonadada e insistía: «Mamá, es que vienen». La madre trataba de continuar su camino mientras la niña la halaba, queriendo regresar. Alejandra se interesó por la interacción y curiosa miró al horizonte con la chiquilla, sin poder ver nada todavía. Madre e hija entraron en la panadería cuando Alejandra escuchó un rugido a lo lejos, como un tímido temblor que cobraba fuerzas poco a poco. Se quedó inmóvil esperando que los edificios a su alrededor comenzaran la danza. Sin embargo, nadie ni nada se movía. Tal vez se habían acostumbrado al hablar de los temblores, quizá ya nadie corría despavorido al sentir su vaivén y en su lugar se escondían bajo el rincón elegido para servirles de tumba. Para el momento en que el bramido se había vuelto estruendo logró ver crepitar sobre la línea del horizonte la marejada gris que lo arroparía todo. A pesar de comportarse como agua, estaba compuesta de cenizas. Y así, tras solo ese segundo que le tomó percatarse de que lo que rompía sobre su cuerpo no provenía del océano, la ola grisácea abofeteó su cuerpo y lo arrastró hasta el final de la calle. No podía ver, solo sentir las distintas texturas llevarse con ellas las primeras capas de su piel. El asfalto, el bordillo, la acera, luego el golpe de la pequeña jardinera de cemento que se elevaba a lo largo de la calle. Por último, las ramas secas del seto araron sus brazos hasta que pudo agarrarse de ellas para esperar que pasara la ola sobre los que una vez fueron arbustos siempre verdes. Allí tomó su primera bocanada después de haber tragado aquel polvo, rompiendo en una tos incesante que le hizo lagrimar, aclarando un poco las pestañas, dibujando su rastro sobre las mejillas. Fue entonces cuando pudo observar la magnitud de aquél… ¿fenómeno atmosférico? ¿explosión nuclear? No sabía cómo llamarle. La ola comenzó a bajar y aunque dudó, temiendo una secuela, se bajó del seto y caminó entre las cenizas, cuyo grosor ahora cubría solo sus zapatos. Pensó en la nieve y le hizo falta su pesadez. Tal vez así sería caminar sobre las montañas de las salinas de Cabo Rojo, si nos dejaran, imaginó.

Mientras caminaba, notó las vitrinas de los negocios, todas rotas y la leve capa de ceniza y vidrio que cubría sus suelos. Desde afuera notó un hermoso espejo más o menos de su tamaño que había quedado intacto, si acaso, alguna señal de lo ocurrido quedaba en el polvo que se posaba ahora sobre el relieve de sus bordes. Le tomó unos segundos reconocer que aquél reflejo le pertenecía, que era ella ese ser gris con rayas. Como por impulso, se sacudió las manos e intentó limpiarse la cara, acomodándose el pelo tras las orejas. Notó que el alboroto de la ola se había callado y que el silencio había traído consigo algunas almas que abrían sus puertas con precaución. Una vez fuera, muchos comenzaron a llamar a sus seres queridos, quienes habrían estado caminando por la calle cuando los arrebató la marejada. Algunos buscaban por los recovecos del vecindario, otros salieron directamente en dirección a dónde había desaparecido la ola para ver si los había dejado atrás. Entre los asombrados se encontraban aquella madre con su niña que ahora con miedo se atrevían a salir de la panadería. Alejandra se les quedó mirando y recordó cómo la niña había tratado de proteger a su madre llevándosela de allí.

Apresuró el paso y se les acercó: «Señora...». La señora, asustada, extendió el brazo para ofrecerle el bollo de pan que llevaba. «No, gracias, señora, estoy bien, no es eso». «No, cariño, no estás bien, mírate». Entonces recordó su reflejo en el espejo y entendió porqué la niña buscaba refugio detrás de la pierna de su madre. «Su niña. Antes de que entraran a la panadería... ¿Recuerda? Le dijo que...». «No quería caminar. ¿Quieres que te busque ayuda?». «No. Escúcheme. Su nena vio algo. Trató de advertirle que venía algo. Lo recuerdo clarito. ¿Habrá visto la ola?». La señora la miró raro. «No. Nosotras entramos al negocio antes de que pasara nada, por suerte. Estás desorientada». Alejandra dejó escapar un suspiro de frustración y se arrodilló para poder hablar directamente con la chica. «Mamita, sé que te doy miedo porque estoy toda sucia, pero ¿puedo hacerte una pregunta?». La pequeña se asomó considerando la oferta. «Me llamo Alejandra, ¿y tú?». «Sofía», contestó tímidamente. «Hola, Sofía. Te escuché decirle a tu mami que venía algo, antes de que fueran a comprar pan. ¿Te acuerdas de eso?». «Sí». «¿Qué cosa viste venir? ¿Me cuentas?». Sofía miró a su mamá como pidiendo permiso para contestar. La señora asintió con la cabeza. «No era una cosa», dijo algo seria. Luego se le asomó una sonrisa y explicó: «Eran los animalitos, los que vuelan así». Levantó las manos para hacer zig zags en el aire. «Eran muuuuchos. Me asustaron». «¿Qué animalitos son esos? ¿Son invisibles? Porque tu mami y yo no los vimos». «No. Algunos son verdes y otros son rojos y después, cuando te tocan, se vuelven rosados, como tú». Alejandra sintió algo de pena al darse cuenta de que la niña probablemente se refería a la mezcla de sangre y ceniza que le cubría los brazos. Pero al mirarse, notó que la combinación no había terminado en rosa, como decía la niña, sino que el gris predominaba.

La madre y Alejandra se miraron extrañadas. «Amor», continuó la señora, «nunca me habías contado de esos animalitos». La niña miró al suelo, como si la hubieran regañado. «No pasa nada. Ey, no has hecho nada malo». «Es que siempre hacen, shshuushsh, shshuushsh, como si fueran un secreto. Creo que no quieren que le digas a nadie porque son hadas y los adultos no las pueden ver. Ellas vuelan muy bonito, mamá, así». Sofía volvió a imitar el zigzageo de los insectos. «¿Crees que no los vemos porque somos adultos?», recalcó Alejandra. «Sí. Y los adultos son malos. Porque míralas, ya no se mueven». Sofía se agachó y acarició gentilmente las cenizas en el suelo. La idea de que Sofía la veía de color rosado le seguía dando vueltas en la cabeza así que preguntó: «¿De qué color ves las cenizas de los animalitos, estas que están en el piso?». «¿Cenizas?», preguntó Sofía. «Sí, como cuando hacemos una fogata en el patio, o cuando apagamos el carbón de la barbacoa», explicó su mamá. «Esto no es ceniza, son ellos». Alejandra no podía disimular su confusión: «¿Y son rosa?». «Sí, como tú, porque te están abrazando. Pero estos de la calle ya no bailan». La madre se quedó observando a su hija, como tratando de entenderla. Alejandra se levantó y miró a su alrededor en busca de otros niños que pudieran confirmar lo que veía Sofía. Vio un par, un hombre con un chico en uniforme de primaria, y se les acercó. «Chico, ¿de qué color ves las cenizas?». «¿Qué cenizas?». le devolvió extrañado. «¿Qué es esto?», indagó Alejandra mientras levantaba un puñado de lo que yacía en el suelo. «Son los insectos raros esos. Vuelan en grupo. Siempre los veía desde lejos, nunca habían venido tan cerca. Todo el mundo está cubierto de…». Alejandra interrumpió ansiosa, «¿de qué color me veo?». «Bueno, rosa, como los demás». Su padre dio una carcajada y frunció el ceño, cuestionándose porqué su hijo decía tal cosa. «Cuando vuelan, ¿de qué color los ves?». El niño hizo una cara, evidenciando que aquella le parecía una pregunta ridícula, pero como la mujer esperaba su respuesta, la dio, aunque le fuera obvia: «Rojos y verdes». La ansiedad se apoderó de Alejandra y otra vez repasó lo que le rodeaba. «¿Las hojas de este árbol? ¿Aquel seto? ¿De qué color son?». «Señora, ¿está bien?», preguntó el padre un poco preocupado por ella. «Por supuesto que son color…». Su hijo lo interrumpió, «verde». El padre movió la cabeza en desacuerdo. «Iba a decir que café. Son todos café, ¿no?». «¿Qué dices, papá, si estamos en primavera?». «Pero el calentamiento global… la verdad parece que no hemos salido del invierno». «Que sí. ¿Qué dices?». rebatió su hijo, extrañado.

Alejandra comenzó a caminar como perdida, primero hacia una dirección y luego en otra, buscando algún objeto verde o rojo, algo rosa, pero nada. No había nada. Imposible. Entendió. No podía *ver* nada rojo, verde o rosa, porque las hojas se veían marrones, pero todavía se sentían flexibles, y sobre su piel sentía la humedad tibia de la sangre que, sin embargo, la recorría en tonalidades oscuras.

Aquel día, Alejandra Guzmán fue una de las primeras en levantar la alerta sobre uno de los síntomas más evidentes del virus que les había invadido junto con la ola gris. Los adultos menos afectados habían quedado daltónicos, tenían dificultad para escuchar sonidos de alta frecuencia, perdían el sentido del olfato y la habilidad de identificar sabores dulces. Los que más, perdían la vista o el habla por completo. Con esto llegaron problemas mayores, en especial la inhabilidad del gobierno para proveer apoyo médico y entrenamiento a tal cantidad de invidentes y mudos. Tras el paso de la ola gris no quedó mucho del mundo que conocimos una vez. Desde entonces nos acompañan los niños que deben cuidar de sus padres, los padres que no pueden oír llorar a sus bebés y la multitud de huérfanos y viudos que quedó súbitamente abandonada tras el caos que dejaron en la carretera estos síntomas el día de su llegada.

Celia Martínez-Sáez

I. PRE-APOCALIPSIS

Hay balbuceos y hay quejido
Balbuceamos
Para narrar un suceso todavía innombrable
Oír unos jilgueros
O un ladrido por la ventana
Es
Saberme viva

Quejido, gemido, balbuceo

Hay sonido
Porque todavía no hay verbos
Ni tampoco llanto

Usamos un arte prehistórico
Compuesto por ondas sonoras
Y un gruñido

Cuando todo esto estalle
Querremos empezar a contar la historia

O me habré hecho tierra

Raíces

Siniestra lombriz solitaria

Saliva infectada

Y sin habla.

II. APOCALIPSIS

Miedo al sudor
Que ahora es contagio
Y es castigo

Miedo a la fatiga de sobrevivir
A los niños que nacen en casas
A normalizar el desafecto
Al rezo como único aliento
Al sexo sin besos
A la violencia primitiva que desata el hambre.

Miedo a los entierros sin lápidas
O a los funerales vacíos

—Abuelita, quédate en casa—

Miedo al asco como estilo de vida
Al cuerpo como obstáculo
A la infección en los supermercados
A la realidad virtual

Al tacto
Al suero
Al desangrarse solo
Al desgarrarse solo

Pero, sobre todo,
Miedo a entender
Que nada de esto es nuevo.

III. POST-APOCALIPSIS

Nos hicimos peces

Nos pusimos blanditos y escurridizos
Bolitas de aceite
—Gelatina—
Para olvidarnos de
Que tampoco en otras partes del mundo
Sienten

Aquí la noche sabe
A extinción y a azufre

Un corrido mexicano suena bajito a dos calles

En un barrio del sur de California
El barro ha borrado el callejón
Por el que solía volver a casa
Antes de que el mundo fuera
Una era suspendida en el tiempo

Ahora voy a tener 29 años para toda la vida
¿También en Valencia y Barcelona las calles están llenas de polvo?
Mamá no me coge el teléfono

Pero quiero preguntar si todavía hay agua

Me encuentro con unos vecinos que no reconozco:

Músculos disueltos
Invertebrados
Cogiendo fuerzas
Para la reconstrucción.

Silvia Mejía

STAYIN' ALIVE

Mi amiga Ana, que vive en Sevilla, me cuenta vía Whatsapp que a las personas con autismo les han dado un permiso especial para dar paseos en las cercanías de sus casas. En España la cuarentena no solo empezó casi dos semanas antes que «la pausa» acá en Nueva York, sino que fue desde el principio más restrictiva. Al leer sobre este permiso especial siento un alivio enorme de no vivir por esos lares en estos tiempos de pandemia. Estamos ya a inicios de mayo, con media humanidad enclaustrada todavía para evitar que el COVID-19 se propague sin control y, mientras me abstraigo del encierro por unos minutos texteando con Ana desde la cocina, en la sala Zoe ha sacado de mi bolso la botellita de desinfectante para manos que ahora llevo a todas partes, la ha abierto y ha derramado el líquido en el sofá. Huelo el alcohol en su boca y descubro con desesperación que también se lo ha tomado. Zoe es mi hija, está a punto de cumplir 11 años y cuando tenía casi tres le diagnosticaron autismo.

Esta no es la primera vez que hemos tenido que llamar al *Center for Poison Control*. Años atrás, Zoe se tragó la hoja de una planta que teníamos en la casa y David, mi marido, los llamó para asegurarse de que esa planta no contuviera algún químico venenoso. La mujer al otro lado de la línea me tranquiliza y, como para hacer que no me sienta la peor madre del mundo, me cuenta que en estos días están recibiendo muchas llamadas similares. Supongo que es cierto, pero apuesto también a que la gran mayoría de esas llamadas las hacen padres de niños no mayores de dos años.

En fin, resulta que el desinfectante de manos está hecho a base de etanol, el tipo de alcohol que se encuentra en toda bebida alcohólica. En otras palabras, Zozo, como llamamos a la niña con cariño, se ha tomado el equivalente a una dosis de vodka, así que, con suerte, todo lo que va a experimentar serán síntomas de borrachera y, después, de resaca. Lo que debo hacer inmediatamente, me instruye la amable mujer, es darle mucho, mucho líquido. Cuelgo el teléfono y contemplo a mi hija correr por su cuarto y reír sin razón aparente: a primera vista, Zoe en estado etílico no se va a comportar de manera muy diferente que Zoe en estado de sobriedad. Ya más relajada, yo también me río sola, pensando que David siempre ha tenido razón al describir ciertas conductas de nuestra hija como típicas de un viejito borrachín.

El plan para esta tarde era tomar la segunda caminata del día pero, por si acaso, quiero observar a Zozo en las condiciones más controladas posibles, así que opto por #QuédateEnCasa. Acá en Albany, la soñolienta capital del estado de Nueva York, las reglas de distanciamiento social impuestas por la pausa (nuestra semi-cuarentena) prohibieron las reuniones sociales, frecuentar bares y restaurantes, ir a peluquerías y, en general, toda actividad no esencial en que la gente no pudiera mantener dos metros de distancia por lo menos, pero salir a caminar o en auto nunca se limitó expresamente, como sí fue el caso en España, Italia e incluso mi país, Ecuador. Tampoco se dispuso que la policía revisara papeles para comprobar que uno no anduviera propagando el virus lejos de su barrio o su ciudad.

Según Ana, en España las familias de personas con autismo han optado por salir con pañuelos azules «para que la gente no piense que están violando el confinamiento». Al parecer, no pocos «policías de balcón» se han dedicado a insultar a gente con discapacidades y a sus acompañantes. Acá lo más ofensivo con lo que Zoe y yo nos encontramos durante nuestros largos paseos por el barrio son las miradas impertinentes: nada nuevo, en realidad, esto de las miradas viene desde mucho antes de la pandemia. Al principio, cuando Zozo no pasaba de los cuatro años y los berrinches se habían vuelto frecuentes, esas miradas se posaban en mí y destilaban desaprobación. Poco a poco, al tiempo que mi hija crecía y sus manías se multiplicaban, se volvió evidente que no se trataba nada más de una niña maleducada; entonces las miradas me dejaron en paz para concentrarse en ella, en el mejor de los casos con curiosidad y, en los peores, con lástima.

¡Cuántas veces no he querido que esa conmiseración fuera un objeto sólido para lanzarlo al suelo y pisotearlo en frente de sus propietarios! Quizá el mismo número de veces, sin embargo, me he dicho que, precisamente, es casi nuestro deber salir lo más a menudo posible, dejando abiertas de par en par las puertas del clóset en el que la sociedad quisiera esconder las incómodas discapacidades. Así que Zoe, su papá y yo vamos juntos (en pares más que de a tres y, a veces, con amigos) al supermercado y al centro comercial, a restaurantes, a museos, al parque de diversiones, a la piscina y a pasear en bicicleta. De vez en cuando usamos el transporte público, hemos viajado en avión como familia un par de veces y, justo antes de que la pandemia nos obligara a interrumpirlo todo, logramos ir al cine y ver películas completas.

Suena como la trillada rutina de cualquier familia en los Estados Unidos, ¿verdad? Solo que nada de esto es fácil de hacer con una niña que hablaba más a los dos años de lo que habla hoy, que se queja o se ríe a todo volumen, que no puede estar quieta un segundo, que echa a correr en cualquier momento sin contemplar peligros, que rara vez escucha razones, que siempre lleva las manos tapándole los oídos, o va haciendo movimientos repetitivos muy cerca de su cara o tocando todo lo que no se debe tocar. Pero lo hacemos —o lo hacíamos, pues— no solo porque nuestra hija tiene que aprender a vivir en sociedad y porque como familia necesitamos llevar una rutina vivible, sino también porque queremos que nuestra comunidad se familiarice con Zoe y, como un primer paso hacia una actitud más comprensiva y generosa, aprenda a mirarla —y con ella a todas las personas que no son *neurotípicas*— con la misma naturalidad y respeto con que la miramos todos los que la conocemos.

A diferencia de las muchas caras nuevas con las que nos topamos en estos días, para nosotros esto de la caminata por el barrio tiene años de historia. Zozo siempre se despierta muy temprano —a las cinco de la mañana en días buenos—, de manera que en el invierno está oscuro todavía cuando ya ha desayunado y anda paseando por las calles vecinas, casi siempre con su papá y a veces conmigo. No solo es una actividad que nos ayuda a «quemar tiempo» productivamente (valga el oxímoron) hasta que venga a buscarla el bus de la escuela, sino que, de acuerdo con lo que hemos leído y aprendido con sus profesores y terapeutas, la actividad física, el gastar un poco de energía, le ayuda a frenar la hiperactividad, concentrarse mejor y aprender.

Claro que desde mediados de marzo no hay bus, ni escuela… Hoy por hoy, David y yo nos dividimos los días entre trabajar desde el ático —o, si tenemos un momento libre, entretenernos en cualquier otra cosa— y cuidar de Zoe el resto del tiempo. El «turno» de la mañana con Zozo incluye alguna actividad académica breve, y el de la tarde casi siempre una larga caminata. Además, quien esté con la niña está también a cargo del proceso de enseñarle a ir al baño, incluyendo el registro de cada visita al inodoro en un *googledoc* al que los dos podemos fácilmente acceder desde el celular. Diseñamos esta bitácora digital adaptando un modelo en papel que Alison, la más obstinada de los muchos profesionales con quienes hemos consultado, nos pasó el verano pasado. Básicamente, el *googledoc* contiene una tabla para cada día: anotas la hora y, con una simple equis, registras en un menú si al llegar al baño el pañal de Zoe está seco, mojado, o en peores condiciones; si al sentarse en el inodoro la niña tiene éxito con número uno, número dos, o los dos (¡bingo!), y si la visita al baño se da por iniciativa suya. La idea es que este registro detallado nos ayude a identificar tendencias importantes como, por ejemplo, horas del día en que ocurren accidentes más frecuentemente, señal clara de que Zozo debería visitar el baño a las horas en cuestión.

Llevábamos ya casi un año usando intermitentemente este registro y otras técnicas que discutíamos con Alison en reuniones bisemanales, cuando el confinamiento puso fin a sus visitas. Nos reunimos una vez vía videoconferencia, pero desde entonces el contacto se cortó y ni ella ni nosotros hemos intentado revivirlo. La verdad es que David y yo nos sentimos algo aliviados de no tener que pasar una hora más conversando sobre los mínimos —cuando no nulos— progresos registrados en las dos semanas previas o, peor aún, sobre alguna sugerencia de Alison —como salir a la calle con Zozo usando ropa interior regular y no un calzoncito desechable, por ejemplo— con la que no nos fue tan bien en el pasado y que no nos atrevíamos a replicar.

Mientras escribo estas líneas, me digo que tal vez es hora de reconectar con Alison y contarle que, para ver progresos, quizá todo lo que necesitábamos era una pandemia.

Si no me equivoco, esta etapa en el proceso de enseñarle a Zoe a ir al baño empezó la primavera pasada, cuando finalmente logramos que, a través de los servicios de atención a discapacitados del estado de Nueva York, nos asignaran una asesora especializada en el tema: fue así como empezaron las visitas de Alison. Para entonces Zozo estaba por cumplir diez años, de los cuales ocho habían transcurrido entre intentos fallidos o, más bien, frustrados, de enseñarle a reconocer las señales de que necesitaba usar el inodoro, a comunicarnos su necesidad de alguna manera y a seguir una cierta rutina una vez que estuviera en el baño.

En cada reunión anual con el distrito escolar para determinar el plan de educación especial de Zoe pedíamos que se incluyera una meta específica en el área de cuidado personal, y año tras año la meta quedaba registrada sin que notáramos que en la escuela se estuviera aplicando algún plan consistente. Como explicación, una y mil veces se nos dijo que ningún plan iba a funcionar «si Zoe no estaba lista» y, derrotados, tirábamos la toalla sabiendo que ninguna estrategia que pusiéramos en práctica en la casa iba a funcionar si no tenía continuidad en el contexto escolar.

Francamente, creo que por más de un lustro Zoe ha estado tan «lista» como podía estar. Quienes no estábamos listos —y en algunos casos, dispuestos— éramos los adultos a su alrededor. Mirando las cosas desde la perspectiva del proceso en el que nos encontramos ahora, puedo entender, si bien no condonar, la reticencia a involucrarse de verdad en la tarea abrumadora de enseñarle a ir al baño a una niña como Zozo. Después de todo, dejando los eufemismos de lado, estamos hablando de orinas y de caca, de accidentes que hay que limpiar y pañales que hay que cambiar, de viajes al baño cada hora, de vigilia de cada día... Y todo esto no por un mes o dos (como ocurre con los niños *neurotípicos*) sino por un tiempo que se puede llegar a medir en años.

El verano pasado optamos por el entrenamiento «intensivo» que Alison había recomendado y que consistía en dejar que nuestra hija anduviera por la casa en ropa interior regular, sin pañal, dándole líquidos y sentándola en el inodoro cada media hora. La idea era que Zozo pudiera ver claramente las consecuencias de un «accidente»; se trataba también de crear múltiples oportunidades para que lograra evacuar en el baño, con gran celebración, elogios y el premio de una pastilla de chocolate (m&m) cada vez que tuviera éxito. Hacia finales de agosto el número de accidentes se había reducido dramáticamente. Llegado el otoño y el inicio del año escolar, temerosos de perder el terreno que habíamos ganado, esta vez no preguntamos qué pensaban en la escuela, sino que les proporcionamos las tablas de registro y les pedimos ayuda. La maestra de Zoe, sus asistentes y las terapeutas se comprometieron a continuar con el entrenamiento en el aula, y lo hicieron. Sin embargo, para cuando la pandemia obligó a cerrar las escuelas y no dejó otra alternativa que el confinamiento, el proceso se había estancado. Tras casi un año de trabajo intenso, Zoe claramente sabía qué hacer en el baño y, si al llegar allí el pañal estaba seco y la mente enfocada, al sentarse en el inodoro a menudo era capaz de orinar a voluntad. Con todo, igual era raro el día en que no hubiera al menos un par de accidentes: Zozo todavía no había aprendido a controlar las ganas de orinar ni a esperar a que hubiera una oportunidad de ir al baño, a pesar de que le encantaban los elogios y las pastillas de chocolate a las que solo podía acceder en ese lugar mágico.

En estas nos hallábamos, más o menos, en el momento en que se declaró la pausa en el estado de Nueva York. David, siempre adelantándose a posibles desastres, decidió entonces rescatar el *googledoc* de la pausa en la que lo habíamos puesto unos meses atrás. Se presentó una mañana en nuestro ático/aula/estudio de videoconferencias y me dijo: «abrí una nueva tabla para Zoe, ¿te llegó el enlace? Llevar ese registro nos va a mantener alerta… No podemos tirar la toalla otra vez». Por lo abrumados que íbamos a estar con las clases a distancia y con la niña todo el día en la casa, el proceso de Zoe llevaba las de perder. David, clarividente, había encontrado la manera de obligarnos a no bajar la guardia.

En el pasado, cada vez que íbamos con Zozo al museo, o al supermercado, o al cine, el ritmo de visitas al baño se alteraba y el registro se quedaba en blanco por varias horas. En la escuela se habían empeñado mucho este año y las anotaciones de su tabla mostraban que Zoe iba al baño muy seguido pero, claro, en el aula hay también muchos otros objetivos que cumplir y varios estudiantes con tantas o más necesidades que nuestra hija. Siempre iba a haber un límite para lo que se pudiera hacer en ese contexto.

Al encerrarnos en la casa, imposibilitados de ir a ninguna parte en la que hubiéramos podido distraernos del registro, la pandemia creó una burbuja hermética dentro de la cual David y yo —las dos personas más interesadas en este mundo en que Zoe aprenda a ser lo más independiente posible— adquirimos de repente un control total sobre la situación... y dejamos de depender de la bondad de los extraños.

Entonces el prodigio empezó a suceder, poco a poco. Quien estuviera a cargo de Zoe la llevaba al baño sin falta cada hora, y lo que alguna vez había sido una lucha se empezó a volver tan rutinario que, con frecuencia, al solo escuchar la palabra «baño» la niña se dirigía solita hacia el inodoro. Al inicio del proceso había sido un desafío lograr que Zoe se quedara sentada el tiempo suficiente para darle a su cuerpo la oportunidad de desahogarse, así que tratábamos de mantenerla entretenida con su tableta por lo menos por cinco minutos. A dos semanas de pandemia, en cambio, la niña empezó a sentarse en el inodoro con intención y, en un avance que perdura hasta hoy, a menudo no le toma más que unos segundos orinar y empezar a prepararse para dejar el baño, como quien tiene muchas cosas que hacer y no puede perder más tiempo en esos asuntos banales. Tan apurada está que muchas veces no da tiempo de traerle la tableta y, a menos que uno lo mencione, el premio de las pastillas de chocolate se le olvida completamente.

En estos días, el registro diario de Zoe muestra hileras de equis en las columnas correspondientes a «pañal seco» e «hizo pis en el inodoro». Esto, a pesar de que los viajes al baño son ahora mucho más espaciados, a menudo con dos o tres horas entre visita y visita. Al inicio del proceso, antes del encierro, cada vez que llevábamos a Zozo al baño y no había éxito, sabíamos que casi con seguridad lo que venía después era un accidente, con frecuencia apenas unos pocos minutos más tarde. Parecería que al mismo tiempo que orinar en el inodoro se hizo rutinario y Zoe empezó a ganar confianza en sus «poderes» para lograr que algunas cosas ocurrieran allí, se activó también la capacidad (¿o voluntad?) de contener el deseo de ir al baño por un tiempo razonable y hasta que las circunstancias fueran propicias.

Lo primero que le voy a contar a Alison, cuando finalmente nos reconectemos, es que me he atrevido hasta a tomar caminatas de más de una hora por el barrio con Zoe usando ropa interior regular y sin pañal, como ella había sugerido. El juego que antes había sido una auténtica ruleta rusa lo jugamos hoy con casi plena confianza en nuestras cartas. Digo casi porque, a pesar de estos avances, de vez en cuando todavía tenemos que escribir equis en la columna de «pañal mojado» y, sobre todo, en la de «pañal sucio». De hecho, si uno se fija bien en el registro, la mayoría de las ocasiones en las que Zoe moja su calzoncito desechable parecen estar ligadas con lo que yo llamaría un cortocircuito, un no saber cómo manejar la necesidad de orinar y la de evacuar a la vez. Por mucho tiempo, igual que los niños *neurotípicos*, Zoe ha buscado privacidad en otra habitación o por lo menos una esquina alejada de otra gente cuando siente necesidad de defecar, así que para quienes la conocemos bien no es difícil notar lo que está pasando y llevarla al baño enseguida. El problema es que, a menudo, al sentarse en el inodoro, Zozo parece perder la viada.

Esta segunda parte del proceso es todavía un reto. Tanto que la tableta, los dulces que solo se consiguen en el baño y los profusos elogios ya prácticamente solo los usamos con esta meta específica. Por ahora, cada éxito es motivo de gran celebración y es evidente que nuestra niña se esfuerza por llegar a ese punto. En mis momentos más optimistas, me imagino que un día no muy lejano, cuando podamos hablar de la pandemia en tiempo pasado y Zoe no solo tenga controlado el tema baño sino que hayamos encontrado también una manera para que nos comunique efectivamente sus necesidades, voy a recordar casi con nostalgia este largo proceso.

No se me van a olvidar las veces en que, sin haber podido expresar que necesitaba ir al baño, he encontrado a Zozo allí, esperándome, cuando ya es demasiado tarde. Tampoco me voy a olvidar del par de ocasiones recientes en que, de lejos, la hemos visto tomar la iniciativa y no esperar de nuestra ayuda para dirigirse allí por su cuenta, bajarse los pantalones y acomodarse en el inodoro (¡!). Lo que más voy a recordar, sin embargo, serán las tantas veces en que, sentada en el borde de la tina del baño, frente a Zoe instalada en su trono y distraída con la tableta, he sentido su mano apretarme el brazo y su mirada sonriente fijarse de repente en la mía, en anticipación por las cosas buenas que están por pasar.

Cada vez que «las cosas buenas» pasan celebramos con abrazos y risas, y tres o cuatro pastillas de chocolate para cada una. La celebración, sin embargo, no se siente completa si no se la comparte con quien comprende como nadie más la importancia de lo que acaba de ocurrir. Así que inmediatamente, antes de usar el celular para ingresar los datos en el registro, aprovechamos para enviarle la buena nueva al miembro ausente del equipo. Esta mañana, por ejemplo, recibí este mensaje en emojis de David: reina, caquita sonriente, inodoro. También en emojis, y como tantas otras veces, le respondí: confeti, bailadora de flamenco, bailarín con traje disco à la *Stayin' Alive*.

María Mínguez Arias

MAPEAR UN CUERPO EN TERRITORIO CORONAVIRUS

Los mapas han sido herramientas militares, de conquista, tácticos y estratégicos para invadir y (hasta hoy) explotar cuerpos y territorios... [El interés] de las mujeres mapeadoras está en entender y combatir la violencia, pensar en el cuerpo y la tierra, hasta reflexionar cómo estamos siendo representadas en los espacios que habitamos.

FLORENCIA GOLDSMAN, *Píkara Magazine*

1 DE ABRIL, 2020. FREMONT, CA

Mi cuerpo - A punto de cumplir los cincuenta años, me acompaña una anatomía que hace ya veinticinco dejó de crecer y de regenerarse: pelo canoso; vello cada vez más fino y escaso; piel rugosa; memoria tropezona; ojos que necesitan gafas cuando siempre funcionaron a la perfección; acopio de kilos en torno a las caderas y los órganos que dieron luz a dos hijes; periodos suprimidos con dispositivo intrauterino porque la cuantía y generosidad de su sangrado provocaban serios desequilibrios de tensión arterial; una rodilla izquierda postoperatoria sobre la que ya no puedo ni jugar al balonmano, ni al fútbol, ni bailar; manos y piernas temblorosas porque así me tocó en la lotería de la genética; cicatrices varias (en el corazón y en la piel, y una enorme que me cruza la frente para recordarme que deje de correr por la casa y menos en bragas); y no digamos ya las jaquecas y el vértigo ocasional que tanto tienen que ver con mi manera de percibir el mundo (es posible que a veces vea y sienta demasiado, que las jaquecas sean el mecanismo que tiene mi cuerpo para suplicarme que por un rato deje de mirar). Vale la pena señalar que, para mi gran sorpresa, el declive de mi fisonomía ha llegado acompañado de una claridad mental hasta ahora desconocida que ha dado lugar a su vez, a una de las épocas más intensas, poderosas y generativas de mi vida. Como decimos por aquí, *I am creatively speaking, On Fire.*

Mi territorio - Desde mi adolescencia hasta hoy, y sobre todo a lo largo de la última década, adapté mi vida, mis quehaceres y mi entorno a la realidad de una anatomía en declive y por genética, un tanto peculiar. Durante años, trabajé desde casa porque así lo requirieron la salud de mi hijo cuando era pequeño y la mía propia después (él y yo formamos parte de lo que estos días se denomina población de alto riesgo, ambos tenemos los pulmones tocados, y yo alguna cosa más). Hasta hace tres semanas mi vida transcurría en espacios perfectamente calibrados para no alterar la frágil naturaleza de mi biología, que es fuerte pero propensa a los vaivenes: Martes, miércoles y jueves yendo a trabajar a San Francisco; lunes, viernes y alguna hora robada al fin de semana dedicados a mi escritura y todo lo que la rodeaba (escribir en casa, en la biblioteca, en un café cercano; presentaciones; conferencias); fines de semana y tardes dedicados a mi compañera, a nuestres dos hijes, a nuestros seres queridos repartidos entre dos continentes. Debido a que yo emigré, muchas de esas horas transcurrían en el WhatsApp o en el teléfono con España (las conversaciones con mi madre tenían lugar normalmente mientras fregaba los platos; con mis hermanes, mientras salía a caminar o a pasear en bici; con les amigues, cuando tocaba, nunca lo suficiente). Al arroyo que cruza mi ciudad iba cuando necesitaba estar sola; al gimnasio, cuando había que darle caña al cuerpo y fortalecerlo; a la tienda iba para hacerme acopio de todo lo necesario para vivir en este hogar. A la cocina entraba para alimentar a mi gente. El resto de las horas se llenaban con decenas de citas, emails, llamadas, idas y venidas que me tocaba hacer porque sin ellas en esta familia no habrían existido ni el orden ni el concierto. Los veranos visitábamos España, y hacíamos un par de salidas de *camping* por los bosques de la costa californiana donde se escondían mi equilibrio y mi tranquilidad. Mi compañera y yo escapábamos de todo de vez cuando para salir a tomar un café, a la compra, a lavar el coche, a pasear o a cenar… cualquier excusa era buena para pasar un rato juntas, para recordarnos que en medio de la locura del día a día seguíamos siendo la misma pareja de hacía veintidós aniversarios. Cada equis años, escapábamos de todo de verdad durante dos o tres días.

Mi cuerpo-territorio - A la familia y amigues los llevaba prendidos del pecho, bien arropaditos en el interior de la cavidad torácica. Mi trabajo en San Francisco y mi escritura iban agarrados con uñas y dientes a la columna vertebral, yo diría que hasta me sostenían. El arroyo, las colinas que lo rodean y los bosques de secuoyas eran el abrazo que lo pacificaba todo, como una de esas *gravity blankets* que estos días están tan de moda. El gimnasio lo llevaba puesto en los músculos, era mi gasolina. Las salidas al supermercado, mis incursiones en la cocina, el cuidado logístico, médico y emocional de mis hijes eran mi deseo y mi deber (que compartía con mi compañera); un deseo y un deber primitivos, casi animales, deseo y deber que no se cuestionaban, que se hacían y se padecían, punto, y no sé muy bien donde se habrían alojado dentro de mi cuerpo, seguramente a nivel celular, el más antiguo de todos los niveles. A mi compañera la llevaba simbióticamente dentro y fuera a la vez, somos dos mujeres radicalmente diferentes que encontraron la manera de *making it work for us and for our queer family.* Juntas le hicimos frente a todo, juntas les enseñamos a nuestres hijes a vivir dignamente en la vorágine que fueron la lesbofobia, la ignorancia y los prejuicios de conocidos, de padres e hijos de la escuela, de compañeros de trabajo, de políticos, del sistema burocrático, de desconocidos y hasta de los vecinos de al lado porque vivimos en un barrio mormón. Juntas les mostramos que la honestidad y el respeto (mutuo y para con elles mismes) son fundamentales.

El dolor, el miedo y la vergüenza fueron inevitables. El dolor lentificó el mundo y lo tiñó de negro, se me metió dentro del cuerpo y me dobló entera. Cuando hubo miedo, mi cuerpo-territorio lo sintió en el estómago, estrangulado dentro de su puño de hierro frío hasta ahogar cada segundo del día. Me avergonzaron mis faltas y las de otras personas porque siempre quise que fuéramos mejor de lo que éramos. He de decir que nunca sentí vergüenza de mi compañera ni de nuestres hijes. Solo orgullo.

De vez en cuando el equilibrio en esa empresa que era el vivir se derrumbaba porque la tensión arterial se me descolocaba y el cuerpo se apagaba. Durante esos días no me quedaba más remedio que retirarme al sofá con los pies en alto y entregarme al paso de las horas con la cabeza metida dentro de un libro o de una película, o durmiendo. Durante esos días nunca me salvó la escritura porque no había columna vertebral que me sostuviera.

Mi cuerpo en territorio coronavirus - El estado de alerta lo siente mi cuerpo-territorio al nivel más primitivo, el celular, el tres de marzo cuando decido no asistir a una conferencia de escritores en San Antonio (Texas) para la que llevo preparándome desde hace casi un año. Este coronavirus nos preocupa seriamente. Mi compañera y yo pasamos los siguientes ocho días con el estómago estrangulado por el puño del miedo, ahogándonos en un *tsunami* de emociones y medidas extraordinarias que seguramente deberíamos estar tomando, pero que todavía no nos atrevemos a ejecutar. Nuestras amígdalas cerebrales en estado incandescente gritan que hagamos algo al respecto porque si desde siempre los virus respiratorios, y sobre todo los griposos, han activado protocolos a seguir en esta familia, y si este Covid-19 es una gripe en esteroides, ¿no deberíamos sacar a les hijes de la *high school* desde ya?, ¿tal vez confinarnos en casa?

La historia del asma de nuestro hijo empieza en una UCI en diciembre del año 2005 y, aunque sus síntomas son cada vez más leves, durante muchos años consta de semanas de confinamiento, inhaladores y nebulizadores, corticosteriodes, tratamientos alternativos, consultas con médicos de urgencias a las dos de la mañana, turnos de noche durmiendo con él en el sillón para mantenerle en posición vertical, educación y preparación por parte nuestra, yoga, escritura, psicólogas... Él lo ha llevado siempre bien (la resistencia y el optimismo de los niños con enfermedades crónicas es increíble), las que hemos tenido que aprender a vivir con ello hemos sido nosotras. Desde hace algunos años el asma también la padezco yo.

Para el 12 de marzo ya está decidido que nuestres hijes no volverán a la *high school* y que voluntariamente nos confinaremos en casa (yo le propongo a mi jefa teletrabajar, mi compañera tendrá que seguir yendo a la empresa). Un día y medio después cierran los colegios de la zona y recomiendan que nos quedemos en casa. El 17 de marzo, los condados de la Bahía de San Francisco ordenan el confinamiento en casa. Tres días más tarde el gobernador de California extiende la orden al resto del estado. Hace unos días, escribía Gabriela Wiener en el *diario.es* que «el amor es ahora la desinfección». Nosotras llevamos catorce años practicando el amor por desinfección; precisamente por eso, la gran migración hacia las secciones de limpieza y farmacia de los supermercados a mí me pilla en casa bien dotada de gel, toallitas y espráis desinfectantes, de medicación sobrada para un posible ataque de asma de larga duración para los dos. Por suerte, también nos pilla con un suministro bastante grande papel higiénico, y nuestro kit de emergencia para terremotos, del cual tendré que reponer en cuanto pueda las mascarillas N95 y los guantes de látex. En esta casa de septiembre a abril (lo que aquí se conoce como *flu season*) siempre nos hemos lavado las manos con muchísima diligencia; ahora lo hacemos todavía más. La simbiosis con mi compañera es total. Entramos en MODO *supervivencia*, en MODO *actúa con la mayor tranquilidad posible sin disimular la gravedad de lo que está en juego*, otro ejercicio que practicamos desde hace años. En definitiva, estamos preparadas. Solo que después de diecinueve días de confinamiento y tras ver el grado de contagio del coronavirus en España y en Nueva York, me doy cuenta de que en realidad no estoy tan preparada como creía. La cavidad torácica, ese lugar de donde llevo prendidos a mis familiares y amigos, está encogida, cuando no acongojada. La columna vertebral que casi siempre me ha sostenido, anda vencida que no quebrada: sigo trabajando desde casa (aunque sé que nuestra pequeña e histórica editorial no podrá sostener mi puesto de directora de operaciones por mucho más tiempo), y escribiendo, de ahí esta crónica pandémica que ahora lees. Los músculos exigen salir a montar en bici, pasarse por el gimnasio, temo empezar a quedarme sin gasolina. De momento y gracias a la baja densidad de la zona donde vivo y la directiva del gobernador, todavía puedo salir a pasear al arroyo. Lo hago de vez en cuando, con máscara y a primera hora de la mañana. El abrazo de aquellos bosques de secuoyas que lo apaciguaban todo como una de esas *gravity blankets* tendrá que esperar. En casa nos seguimos abrazando, pero hemos dejado de besarnos en la cara (a mis hijes les beso en la coronilla o en la frente). En la cama, mi compañera y yo hemos dejado de acurrucarnos. Ella es nuestro contacto con el mundo exterior y como tal, nuestra kriptonita. Soy consciente de la pena tan inmensa que siento. Aun así, sé que el verdadero dolor y miedo todavía no han alcanzado mi cuerpo-territorio, y que padecerlos seguramente sea solo cuestión de tiempo.

Mi lucha, mi rebeldía y mi movilización - A pesar de la extrema planificación de la que hablo, mi lucha es visceral, seguramente porque es contra el miedo y por la supervivencia. El coraje lo llevo bien puesto en los ovarios desde que nació nuestra hija. He de admitir que no sé muy bien donde lo llevaba antes, puede que fuera en algún otro órgano más escondido y menos latente.

En diecinueve días he decaído alguna vez. De esas caídas del ánimo me ha ayudado a salir mi rebeldía, la que le llevó a mi maestra de educación primaria a taparme la boca con celofán o a la monja a meterme el borrador de la pizarra en la boca cuando yo tenía once años; la misma que me llevó a abandonar la clase de historia en la universidad en medio de la charla del catedrático para no regresar jamás porque se burló de las mujeres musulmanas violadas por aquellos días en la Guerra de los Balcanes. La misma rebeldía que me llevó a salir a la calle a defender mi derecho al matrimonio, la misma que me llevó a no tener ningún apuro en sacar a nuestres hijes de la *high school* cuando la salud de mi hijo y la mía propia estaban en juego. Creo que mi rebeldía es mi brújula: sé que si paso temporadas sin rebelarme es porque no he estado prestando atención (el mundo está lleno de injusticias y si no las veo es porque no estoy mirando). Estoy convencida de que mi rebeldía se ha vuelto más juiciosa con la edad. Pero, la verdad es que lo que me sostiene y me moviliza ahora mismo son mis alianzas. Me sostienen mis comidas semanales con mis compañeres de editorial a través de Zoom (nuestra misión no ha cambiado, nuestra prioridad sí: cuidarnos). Me sostiene la complicidad y el pacto que hemos hecho con nuestres hijes para entender que aquí cada una tiene un papel que jugar, una obligación que cumplir, y eso incluye además de las tareas escolares y de la casa, el querernos, cuidarnos y perdonarnos cuando perdemos los papeles. Me sostiene el compromiso con mi compañera para manejar toda esta corona-situación con diligencia y buen humor (las escapadas y las caricias de antes tendrán que esperar). Me sostiene el contacto diario con mi gente de aquí, con mi gente de España… con mi madre, que me ha hecho ver que ni ella ni yo desde nuestros confinamientos *tenemos de-*

recho a flaquear; con mis hermanes, con quien hablo casi a diario también; con mis amigas, con las que nos damos un toque de vez en cuando. Alguna ha caído enferma y lo va superando.

El número de hospitalizaciones se ha duplicado y el de traslados a la UCI se ha triplicado en las últimas 48 horas. El gobernador de California acaba de anunciar que el estado necesita al menos 50.000 camas hospitalarias más para hacer frente a la ola de infecciones de las próximas semanas. El horror se aproxima. Pronto sabremos si las medidas de confinamiento tomadas por los condados de la Bahía de San Francisco (las primeras de este tipo en todo Estados Unidos) darán fruto.

Sé que tarde o temprano me perderé en la inmensidad catastrófica del territorio coronavirus, en el horror del Covid-19. Cuando ocurra, echaré mano a este mapa de mi cuerpo-territorio para reencontrarme con la mujer que fui hasta marzo del año 2020, y con la persona que quiero ser durante y después de la pandemia. Cuando todo esto acabe no olvidaré que para que la Tierra pudiera volver a respirar, los humanos tuvimos que dejar de hacerlo.

Nota de la autora: Lo que acabas de leer es una crónica pandémica inspirada en la *Guía metodológica para mujeres latinoamericanas que defienden sus territorios*. Te invito a mapear tu propio cuerpo-territorio.

Raúl Murcia

LES HAN ROBADO LA TARDE

La incertidumbre aumenta por el ocaso rebosado de rojos frutales. Ella atiende sin prisa a la vez que resitúa cajas pesadas con una agilidad casi acrobática. A menudo despide miradas apacibles a todos los que, con temor exagerado y distancia fría, le piden afanadamente decenas de productos *esenciales*. Él, envuelto en varias capas de ropa, se acomoda un llamativo pantalón maternal mientras reprueba con mirada áspera los movimientos dúctiles de la mujer del mostrador.

Él llega a casa, se desnuda rápidamente y se baña en antiséptico. Remoja ansiosamente su atuendo en desinfectante y se viste nuevo. Para olvidar la mirada serena y tibia de la muchacha, abre con desespero varios paquetes de golosinas y come casi sin masticar. Una gota de chocolate derretido y pegajoso cae, haciendo eses entre los botones, sobre la camisa pulcramente lavada que acaba de vestir. Se siente cobarde, indiferente. Culebrea con la cabeza, pasajeramente conmocionado, persiguiendo la marca azucarada que aún tiene la intención de avanzar. Por fin el chocolate cede y empieza a penetrar el tejido de la camisa. Recobra despacio el aliento.

Para deshacerse por completo de la transitoria angustia que lo asalta, prende el televisor para informarse sobre las más recientes estadísticas. Lo invade un pensamiento absurdo: nunca antes me interesaron las estadísticas. Se piensa a sí mismo como un número esquelético intentando penetrar en las cifras gordas representadas en las gráficas tubulares del noticiero. Cambia de canal.

Arredilado por los números, se convence de las estadísticas y por su mente pasan fantasmas de niños cadavéricos atrapando el mismo aire limpio que le infla los pulmones. Imagina su alacena llena con frasquitos de aire. Baja la cabeza y contempla, todavía acobardado, la cicatriz serpenteante de chocolate. Intenta silenciar los desalentadores pronósticos enviando, con destreza adolescente, cientos de mensajes por su dispositivo electrónico. Se llena el pecho con aire inmaculado y lee pausadamente la acogida de sus mensajes. Con el estómago y el pecho henchidos, nota que es hora de salir al balcón.

Ella cierra el almacén con lentitud andante, un poco exhausta, y dobla la esquina con cadencia jovial. Quizá le parecía oír el golpeteo de las bolsas pesadas que cargaba, o quizá los movimientos se acentuaban al presentir, una vez más, los reproches oculares disparados desde los balcones.

Él se detiene de nuevo, asqueado, sobre la prolongada mancha de chocolate. Por un instante, padece la imagen con zozobra y, de repente, se precipita despavorido hacia su habitación. Descansa un par de minutos. Pacificado, dócil, se desabotona la camisa. Ya sin la repulsión urgente, toma una manta suave con estampado de superhéroes y se la pone sobre la cabeza. Regresa, hecho tigre de papel, a su jornada matutina de censura.

—¡Descarada! —expresa entre cejas una mujer que manotea atropelladamente desde un balcón cercano.

Apenas si se reconocen, al interior de la vivienda de la mujer, unas sillas de comedor disfrazadas con plásticos gruesos. Dos niñitos carnudos giran, embalados en espesos overoles transparentes, alrededor de las sillas. Se diría que juegan emulando una narrativa espacial o, tal vez, que intentan huir ansiosamente de sus trajes.

Ella prosigue con andar deleitable. Las bolsas que la acompañan, atestadas de frutas y verduras variopintas, se mueven acompasadas en direcciones opuestas y le van marcando un ritmo libertario, espontáneo. Con gracia, se acomoda un diminuto barbijo que apenas si le cubre los labios finos.

—¡Descarada!

Los ojos, todos sobre ella, emiten los acostumbrados efluvios abrasadores de indignación y hasta, quién lo pensaría, de venganza divina.

—No por criticar, pero el barbijo debería rozarle las pestañas.

—Llegará el día en que el Señor le borre la sonrisa.

—Y esa muchachita tan joven.

—¡Insensible!

—¡Descuidada!

—¡Imprudente!

—¡Descarada!

Ella, con radiante sosiego, pone las bolsas en el suelo y, con ambas manos, lanza impetuosamente su cabello hacia atrás. El ambiente más próximo se inunda con un aroma a sábila viva. Se aseguraría que, en una calle desierta, solo las golondrinas encadenadas al aire podrían capturar con sus picos la armonía perfumada de su ritual.

Desde los balcones, inutilizados desde tiempo atrás, se siguen proyectando las recriminaciones oculares multitonales. La del hombre de traje deportivo que se balancea infatigable, ocultándose, a veces, detrás de unos ramajes desordenados ¿de geranios? que lo acompañan a presenciar el espectáculo. De aburrimiento desafiante. La que invade a la mujer de anteojos diminuta que, una vez a la semana, cruza las calles a paso extremadamente reposado y si alguien le reclama, ella, de inmediato, se detiene a farfullar insultos en medio de la vía. Se cuenta que diariamente alucina con cortarle el paso a la muchacha y, tal vez por deshacerse de la confortable monotonía o por la típica aversión a todo cuerpo irregular, se decide a arrancarle el barbijo de un solo manotazo. Algunos *testigos* declaran que una sonrisa ambigua y fingida se le acomoda entre las mejillas cada vez que evoca los labios desnudos de la muchacha. De misofobia hipócrita. La del joven que no se cansa de tocar retadoramente superficies presuntamente contaminadas y quien habría advertido a la mujer diminuta que solo se lava las manos una vez al día.

El hombre de juicio aprehensivo advierte que el abdomen de la joven se descubre provocativamente al compás de su pie izquierdo. Se bambolea con mayor rapidez. Casi de manera simultánea, el hipócrita observa con recelo la suciedad rústica que cubre las manos de la muchacha. Con voluptuosa repugnancia, se detiene también sobre los cientos de partículas polutas que descansan en el borde del minúsculo barbijo. Ejecuta pases de reprobación que solo atiende, desconcertado, el hombre aprehensivo.

Él, separado del mundo por la manta-matriz que lo abriga, la contempla como reclamando su seno. Indeciso, huérfano, se refugia en creencias intencionalmente dulcificadas que aprueban todo su *sacrificio*. Se destapa la cara para enfilar una ya practicada batería de gestos de reproche. Combo uno: negación isocrónica con la cabeza, mirada ansiosamente evasiva y manoteo frágil bajo la manta. Combo dos: levantamiento sostenido de cejas, ojos en blanco enmarcados en párpados muy abiertos y boca extendida de modo exagerado hacia el lado derecho. Al terminar una secuencia, casi siempre saca el brazo entero de la manta para apuntar con la mano rígida a la muchacha mientras balbucea palabras incomprensibles. En los intervalos, descansa buscando asentimiento en los balcones cercanos. Por lo regular, el hombre aprehensivo desvía la mirada y con murmullos le reprocha también al cielo. El hipócrita asiente, paradójicamente, negando con la cabeza.

Antes de llegar a la estación de autobús, ella desfila por última vez su atuendo desvaído, revitalizado, al parecer, por algunos destellos solares. Como purificando con bascosidad a la multitud que la juzga desde las alturas, se baja el barbijo poluto que apenas si le cubre los labios. Llega a la estación y pone, una vez más, las bolsas en el suelo. Cierra fugazmente los ojos y le regala al viento todo el peso de su cuerpo. Intempestiva, terrenal, recupera con el atardecer encendido la vitalidad arrebatada durante las horas de trabajo. Su apariencia se aligera y enseña, renovada, una sonrisa cegadora.

Él pestañea con celeridad insectil para sacudirse la belleza mundana que poco a poco se le desvanence tras los párpados. Se forma una imagen borrosa presuntamente iluminadora. La pasa por alto. Nota sin embargo que los últimos rayos de sol colorean, debilitados, el balcón y que la muchacha ha tomado finalmente el autobús. Se repliega bajo la manta. Exhaltado, intenta alcanzar con la lengua, como necesitado de un manjar natural, la ya casi seca mancha de chocolate. Fracasa. A paso moderado vuelve a su habitación mientras le regala anhelos ambiguos a la oscuridad. Los pensamientos se le tornan también oscuros. Invisible será la imagen oracular que flotará por algunas semanas en el líquido espeso de su memoria. Le faltarán atardeceres para verla.

María Ángeles Pérez López

CONFINAMIENTO

Confinamiento es una palabra larguísima que cae sobre ti y no te permite moverte. Se suelda como si fuese tu propio caparazón, la rígida conciencia de la médula seccionada, un anillo oprimiendo alguna vena en el mapa de lo invisible, una parte de tejido que no puedes reconocer y ha sido salpicado por tu sangre. Después lo limpias con desesperación, frotas los dos límites de ti por si es posible saber quién eras o qué eras antes de este tiempo sin tiempo, la jaula perfecta de la inmovilidad.

Como si lucharas contra algo que se te ha adherido, una superficie densa y opaca poseyéndolo todo, algo pegajoso y pesado que no logras despegar, una tela de araña que envuelve los volúmenes, los signos, las tortuosas aristas de la tarde y entra en tu boca, llena la lengua de un grumo blanco que sientes crecer hacia los dientes, hacia la tráquea, hacia el rápido camino de la asfixia. ¿Se podrá distinguir algo en el escondrijo de los pronombres? Ellos no están y tú tampoco, o tal vez solo eres eso resbaladizo que no puede levantarse, segregado sin tendones y sin músculos, sin forma alguna de sintaxis.

Confinamiento es una palabra inabarcable. Su exterior es estricto, inflexible, firmemente fijado a su flagelo. Sin embargo, cuando entras en ella (esa cueva estrechísima que deja apenas resquicio para la luz), sientes un temor invertebrado, casi exangüe, como si te derramaras en formas sorprendentes —una antena prensil, estalagmitas, mucosidad, la diéresis probable—. Esta desmadejada rosa de lo vivo.

Adentro no hay pigmentos en tu piel. Te vuelves insensible a los colores. Detectas el movimiento de las horas porque nidifican en ti y no se reproducen. Desaparece el tiempo del cortejo. Te persigue, inquietante, la ceguera. ¿Podrás a la vez encontrarte entre lo férreo y lo informe? ¿Entre el territorio rocoso de aguijón y la blanda canción de la babosa? En cada grieta, en la fisura de la pared, del suelo ronco, eres eso que carece de sintaxis. Ni siquiera Tiresias llegó a saber tu nombre.

Espuma placentaria en lo severo.

Coágulo encerrado en el lenguaje.

Juan Pablo Rivera

EL SEXO EN PÚBLICO DURANTE LA PANDEMIA DEL CORONAVIRUS

Eran pájaros de la playa
antes de emprender el primer vuelo,
ensayando las frágiles alas,
prestos a afrontar el viento en remolinos de mar.
SEVERO SARDUY, *Pájaros de la playa*

Massachusetts es un estado relativamente pequeño, pero ancho y, ya que en los pueblos del oeste no hay acceso al mar, muchos de sus habitantes pasamos los veranos junto a las playas de los ríos. «Playas», «*beaches*»: así es como las llaman los miembros locales de las comunidades, quienes a veces se ven obligados a importar arena de la costa para crear junto a las veras de estos riachuelos unos estrechos de tierra que, a duras penas, se asemejan a balnearios. Buscando calentarnos y nadar, sustituimos los cocoteros con bosques de abedules (árboles blancos tan endebles como las palmeras), y trocamos gaviotas por ánades, almejas por camarones de agua dulce, nutrias por delfines de río, y el salitre en el aire por olor a pino.

En una competencia entre el río y el océano, Ochún y Yemayá, la hermana más joven está destinada a perder, así que se conforma con ofrecer placeres tiernos, diminutos, que poco tienen que ver con la sublimidad violenta que ofrece el océano. Ante el marullo, pequeñas ondas… *ripples*. Guijarros tersos contra el acantilado y, ante la bravata del mar pica'o, murmullos de agua sobre los rápidos. De cara al tiburón, puercoespines que se trepan a dormir en los olmos. Marmotas que, sin timidez, se acercan hasta donde están los hombres, esa especie invasiva, como si sustituyeran a los perros realengos que, en las playas tropicales, vienen a pedir comida. En el río los peces, incluso, pierden su color: la trucha arcoíris poco impresiona cuando se compara con un pez ángel emperador o un pez payaso o león. Abundan las sanguijuelas, y no se recogen al caminar, románticamente, las conchas de los caracoles, ya que su ser siempre grisáceo provoca asco, y no el placer de lo bello.

Tal como hay que hacer para llegar a las mejores playas escondidas junto al Atlántico (las de Vieques, las de St. John, las de Provincetown), para llegar a las mejores playas de río hay que peregrinar, hay que surtirse bien, hay que tener acceso a saberes escasos y ocultos y ser pacientes, estar dispuesto a perderse. Los mapas no funcionan, porque no saben marcar las veredas, no saben dónde queda el sitio justo donde es necesario bogar y cruzar (allí, frente al letrero), no conocen el peñón donde uno debe doblar a la izquierda, ni nombran el tipo de seta que ayuda a marcar el camino. Metido en el monte, las señales de celular también se descalabran, así que funciona ir por primera vez con un «entendido», es decir, con otro hombre que conozca y esté dispuesto a iluminar el camino, a expandir el círculo de entendidos y, poco a poco, ir haciendo más público un secreto que la publicidad arruina.

Perdernos: fue esto lo que nos pasó la primera vez que intentamos llegar a Cummington, un microcosmos del *cruising* gay que se da en las zonas rurales de Estados Unidos y de cualquier otro país que lo tolere. Habíamos oído que, en uno de los montes de este pueblo de menos de mil habitantes, los hombres iban a desnudarse junto al río, a broncearse, a nadar, a fumar yerba, a tocar instrumentos, a pintar y conversar y compartir. Iban también a palparse el uno al otro la entrepierna entre las píceas, a mamar y chingar; es decir, a ser libres. Nos habían dicho que hasta ahí, en las décadas de los setenta y ochenta, llegaban autobuses escolares repletos de neoyorquinos (hombres, mujeres y familias *hippies* con sus niños) que dejaban la ciudad y venían al campo a desvestirse y compenetrar, a respirar aire limpio y sacarse de encima el carbón. Poco a poco, a través de los años, fueron construyendo una playa, sacando piedra por piedra y moviéndola de un sitio a otro, y podando ramas de arbustos para liberar la orilla. Desnudos y desnudas, como si construyeran las pirámides, estos exploradores se metían al agua en grupos de cuatro o cinco, y levantaban grandes peñascos que luego trasladaban al bosque, para ir conformando una alberca más amplia donde la gente pudiera nadar y enjuagarse los despojos del día y del sexo anónimo entre los pinos. Tanto fue el alboroto que hicieron estos, nuestros titánicos ancestros, y tanto el sexo, la basura y el desvestimiento en el estacionamiento público, que el pueblo, por presión puritana, decidió restringir el acceso a la playa, y lo que antes fue un *parking* que acomodaba diez o doce guaguas, ahora se limita a un estrecho de la carretera que solo acomoda diez o doce carros. La población nudista se ha reducido, pero no el ímpetu y, si uno logra escaparse del trabajo y llegar a Cummington en día de semana, es fácil estacionarse, cruzar el río poco caudaloso, hacer los 20 minutos de *hiking* hasta la playa y confraternizar con la fauna local, que de lunes a viernes mayormente está compuesta por adultos mayores y gente retirada, discapacitada o desempleada, o por artistas, o por gente como nosotros, con horarios de trabajo raro y sin necesidad de oficinas.

Así que, al intentar llegar por primera vez, nos perdimos. Manejamos en el carro los cuarenta minutos desde nuestra casa a Cummington, nos estacionamos sin problema en la franja de parking que los puritanos aún intentan clausurar, nos pusimos encima las mochilas con toallas, condones, *snacks*, agua embotellada y protector solar, y empezamos a marchar. Cruzamos el río donde indicaban las direcciones que conseguimos por *internet*, pero nunca encontramos la pared de piedra cubierta de musgo que, tocándola con la mano como en un laberinto, hay que seguir hasta el tope de la montaña. Desde ahí, es posible divisar el río, mirar al suelo y, por instinto o un sentido de dirección primitivo, encontrar la vereda que lleva hasta la playa y a los hombres desnudos aletargándose en ella.

Perderse fue parte del llegar, tal como ha sido parte del ritual de iniciación y pertenencia el conducir por el sendero a amigos y extraños que visitan por primera vez, y a quienes no siempre motiva el sexo. A veces los motiva el placer de saberse partícipes de un secreto, o el quebrantamiento de los tabúes en torno a la desnudez. Los impulsa, a veces, el coqueteo con la línea donde la identidad desaparece y volvemos a ser solo cuerpos, con raza y peso y edad, y con distintos niveles de capacidad, pero solo carne, cosa, cuerpo al fin. O, los incentiva el simple deseo (vuelto complejo en la tardomodernidad) de comulgar con un mundo natural que ignora al humano o busca repelerlo. Sobran las razones, en fin, para querer uno estar desnudo en un monte, con las agujas de los pinos entre los dedos de los pies, junto a un charco de agua limpia que recuerda a la matriz primera, tirado al sol leyendo y viendo y alumbrando los sentidos, o apagándolos con yerba y psicodélicos, según se quiera.

El sexo, sin embargo, sigue siendo la razón primordial por la que vamos, la más atávica, por lo que incumbe relatar un encuentro memorable, un milagro que ocurrió antes del acecho del coronavirus:

Se encontraba el *daddy* en el punto más remoto de la vereda, hasta donde no llega casi nadie y, si llega, va hasta allí buscando sexo, o un panorama de pintura al fresco que sobrevuelan águilas. Músculos, más de seis pies, bigote, pelo plateado, buen bronceado. Se parece a Tom Selleck o Magnum P.I., tu fantasía masturbatoria desde niño. Parado, tiene botas de *cowboy* puestas, y se está tocando la verga. Te mira.

Sobre la yerba que crece silvestre y las flores amarillas de la celidonia, el *silver daddy* ha puesto una frazada negra y roja, cuadriculada. Sobre la frazada se posa su perro, un pastor australiano de ojos grises que ni se inmuta al verte llegar, al ver cómo te acercas a su amo (a quien tú también ya amas), cómo te arrodillas frente a él, tocándote tú también, y cómo oyes al *daddy* decirte: «con la boca, no». Y esta proscripción del viejo perfecto solo te acicatea las ganas, te hace olvidarte de que, aunque por allí no haya nadie, estás en público y su perro te mira, incluso quizás Dios te mira. Se te olvida que tú eres alérgico a la grama y que en ella hay garrapatas, y que dejaste los condones junto a tu toalla, allá lejos en la playa, y te comprometes a hacer que este *daddy*, quien seguro tiene esposa esperándolo en casa, pase contigo el mejor día de su verano y el tuyo. Sin usar la boca, te le acercas al milagro. Sin la boca, pero sí con las mejillas, brazos, dedos, pelo, glúteos, ojos, vellos, cejas, pantorrillas... al milagro.

Hace varios años ya desde que el *daddy* dictó su memorable sentencia, «con la boca no», pero ni él ni tú sabían que con ella predecía el futuro, nuestro presente donde están prohibidos los besos entre extraños, o son mal vistos por el riesgo que implican y que los hace más deseados. En varios sentidos, menos en el del sexo, el distanciamiento físico siempre fue parte de asistir a Cummington o a cualquier playa, nudista o no. Uno transita la vereda solo o con su pareja o amigos, cuidándose de que no haya osos ni gatos monteses, manteniendo un dedo sobre la bocina de alerta o el *pepper spray* que carga para ahuyentarlos si se acercan. Las grandes bestias del monte, por suerte, raras veces se acercan, ya que les temen más a los humanos que nosotros a ellas. Andando solo o con amigos o en pareja, cuenta uno las distintas variedades de hongos, y se pregunta quién estará allí en la playa cuando uno logre por fin arribar: si el hombre ruso con barba, exprofesor, que se sienta en una silla a leer en francés, y con quien practicas tú esa lengua. Si el señor calvo y esbelto, algo chismoso, que compara contigo sus tatuajes, y te habla con emoción sobre su vida en las comunas de California en los sesenta. Si el viejo con sombrero y habano, sentado siempre sobre el mismo peñón, a quien investimos con el título de alcalde, apodándolo «The Mayor». Si algún antiguo estudiante tuyo a quien, en este contexto de sexo y desnudez, no quieres ver. Si el fisiculturista que te gusta y nunca te hace caso. Si el adulto mayor que usa tanga rosada, toca flauta, pinta, mama bien y, por sus orejas, se parece a un elfo. El trayecto desde el parking a la playa es todo emoción y posibilidad, boca aguada, serotonina que se empieza a desbordar y conexiones cerebrales que destellan.

Al llegar, te cercioras de ver quienes están allí y de si hay algún amante en potencia, con quien luego irás a encontrarte en los helechos. Llevas, escondida, la mascarilla en la mano, para que nadie piense que eres un paranoico o un exagerado, ni sepan que en realidad le tienes miedo a este virus mortal, ahora que el VIH para tu comunidad no lo es tanto. Como en cualquier otra playa, se fija uno en quien fuma, para que el humo no te moleste, o pedirle luego un cigarrillo y fumar con él. Por suerte ahora, durante la pandemia, poca gente fuma, ya que hay que proteger los pulmones en caso de que uno se contagie con el Mal. Huyéndole a otro tipo de impureza, se aleja uno, mirándolo con desprecio, de quien pone muy alto el volumen del radio y contamina así, sonoramente, un lugar que a ti se te ocurre prístino, ajeno a la suciedad del mundo allá afuera, un Edén marica. Como siempre y como todo el mundo, orinas en los arbustos, nunca en el río, pues la orina —dicen— ahuyenta a otros mamíferos. Animal que eres, marcas tu territorio (al sol, en la sombra, sobre una piedra plana o junto al agua), y acomodas tu mochila y toalla a más de ocho pies de distancia de otra gente. Te aseguras de que no más de dos personas se metan contigo al agua a la vez, aunque si alguna virtud tiene este virus es la de su propia fragilidad, que no resiste el calor ni la disolución. Ya instalado en la playa, estás consciente de no invadir los doce pies de diámetro que, según la ciencia, protegen al prójimo del virus, y se encabrona uno cuando algún vecino, *poppers* en mano, invade su espacio, diciéndole con firmeza: «Está bien ahí. Échate para atrás, por favor». Cuando ya has encontrado ese *spot* perfecto, sabiéndote observado, te desvistes lento y te despojas en la arena de las chanclas y el estrés.

Más allá de esta expectativa de distanciamiento social que siempre fue parte de las expediciones a la playa, con el advenimiento de la pandemia del coronavirus el sexo anónimo entre los pinos es el aspecto que más ha cambiado para quienes visitan lugares como Cummington. Los sarduyanos pájaros de la playa siguen siendo, principalmente, adultos mayores para quienes el contagio con el virus podría tener un desenlace mortal. Acaso por haber sobrevivido a las pandemias conjuntas del SIDA y la homofobia, estos sensuales abuelos se han rendido ante el Covid-19 y decidido, como forma de victoria, que si van a llegar al ultramundo lo van a hacer de pecho, gozando al lanzarse. Ya que la tasa de desempleo y la situación económica del país siguen siendo inestables, ahora se topa uno allí, además, con mayor cantidad de mujeres y adultos jóvenes que perdieron sus trabajos. Al igual que en cualquier espacio público (una plaza, un parque, una oficina de gobierno), hay quienes respetan el protocolo establecido o esperado, y hay quienes no, aquellos llamados *covidiots* que eligen transitar por el mundo como si más de 800,000 personas no hubieran muerto por causa del virus. A estos idiotas los ve uno recostados contra los troncos de los arces, sin mascarillas, con un muchacho arrodillado al frente, mamando. Se forma en torno a ellos un semicírculo de hombres envidiosos, queriendo chupar ellos también, pero juiciosos y cobardes. Aprovechándose de la audacia de los *covidiots*, a quienes desean y juzgan, los miembros del círculo se masturban, mientras poco a poco se les va uniendo otra gente que expande el cerco. En vez de semen, sudor, saliva y quejidos, los nuevos miembros del círculo intercambian miradas, esos vehículos del goce que ahora se han convertido, más que nunca, en extensiones de los órganos sexuales que antes fueron la lengua, los dedos, las pingas y el ano.

A partir del verano de 2020, debido a la pandemia, la transacción que es el sexo, como tantas otras, debe hacerse a distancia y con mayor comunicación, lo que supone una ventaja para algunos y, para otros, la muerte de un deseo que se prefiere intuitivo y mudo, sin palabras. En Cummington, una comunidad frágil que se protege a sí misma, nadie toleraría un quebrantamiento de la comodidad del otro, porque así, decorosos, son los nudistas, como si fueran ladrones que mantienen entre sí códigos de honor y etiqueta que no permiten, por ejemplo, chingar frente a todo el mundo en la playa, ni hacer comentarios negativos sobre el cuerpo del otro, ni expulsar, por mucho que se quiera, a las mujeres. Quienes somos asiduos de esta playa entendemos que también hubo fundadoras, que hay mujeres que son hoy el hombre que siempre fueron por dentro (y viceversa), y que en las utopías debe caber cualquiera, porque una utopía cuir excluyente nada tiene de cuir ni de utópica.

Tras correrte y dejar atrás el *circle jerk*, te metes al charco a nadar para sacarte de encima los residuos tu propia leche, el repelente de mosquitos y el sudor. Acomodas tus bártulos en la mochila y emprendes, rendido, el trayecto hacia la casa. Les dices adiós así, con la mano, a los viejos conocidos que no ves más que aquí, y nunca allá afuera en el mundo real, donde tanto cansa el tener nombre y ropa y profesión, identidad. Cuando empieza el otoño y las ardillas corren frenéticas recogiendo bellotas, les deseas a los conocidos que el invierno sea leve, y que ojalá el próximo año puedan reencontrarse allí, en el mismo lugar, bajo esos mismos robles, a los cuales también les deseas, como en un ritual pagano, que la nieve no los maltrate demasiado. Aunque seas ateo, te despides de los árboles, de las nutrias si aparecen, y de Ochún. Te sorprendes al sentirte murmurar una pequeña plegaria.

Mientras transitas por el sendero que te devuelve hasta la franja de parking, miras para ambos lados, y luego hacia el frente y hacia atrás. Ya no te cuidas tanto de los osos, sino de otro mamífero más peligroso, parecido a ti.

Elena Pasionaria Rodríguez

GENTE DECENTE

Ya no pudo refugiarse en Milán.

Tuvo que quedarse atrapado en esta tierra de cholos apestosos, a pesar de tener la mitad (más importante) de los genes italianos. Ya no pudo ponerse a buen recaudo en New York, a pesar de tener pasaporte gringo, desde que hace muchos años, por un malentendido, tuvo que asilarse por persecución política y de La Embajada pasó directo a su *vintage loft* en Tribeca.

Desde ahí manejaba muchos de sus negocios, que siempre tenían que ver con vender algo muy rentable desde o hacia este que consideraba un «paisucho de ignorantes», al que de vez en cuando tenía que regresar por períodos, porque cuando tenía treinta y cinco años la vida ya le dio a cargar la gran cruz de tener que ser Ministro de Salud, como lo habían sido su abuelo y su suegro y como lo será alguno de sus nietos, todo en su momento. Todo según el gusto del gobierno de turno. Todo para este pueblo de malagradecidos que no saben ni cómo lavarse las manos.

Lo había hecho extremadamente bien. Cinco veces Ministro de Salud. Cinco presidentes diferentes. Seis décadas distintas. Lo había visto todo: heridos y muertos de terremotos, inundaciones, erupciones volcánicas, brotes de dengue, de tifoidea, de cólera, de sarampión. Mejor enterrados que sueltos en las calles, asaltando a la gente de bien. Había comprado camas para que las parturientas de las maternidades no hicieran tanta bulla diciendo que tienen que parir de dos en dos. Pero mejor, con el apoyo de El Club, había pactado en secreto con algunos ginecólogos evolucionados para que les ligaran las trompas sin preguntar y ya no siguieran pariendo tanto malnacido. Había visto aumentar escandalosamente en las últimas décadas el cáncer, la diabetes, la hipertensión, el alcoholismo, la drogadicción. Estos indios brutos no saben cómo vivir, por más que se les explique. Había visto crecer las cifras escalofriantes de SIDA y de hepatitis B. La chusma no sabe controlarse. Y al final le resultaba casi cierto que en los suburbios casi todos eran sodomitas o hijos de mala madre. Pero tenía la conciencia muy limpia, había salvado táaaaaantas vidas. A su muerte, a más de constar entre los inmortales en anales de la patria, tendrían que poner su nombre a alguna plaza, en placas doradas en los hospitales, en bustos a la entrada de las universidades. Él, y no otro, había decretado la compra de las camas, las vacunas, las terapias, las tés de cobre, las máquinas de rayos X, los reactivos para los laboratorios. Para eso creó su compañía anónima de consultoría y de importaciones de equipamiento médico. Luego fue él y no otro quien se encargó de asesorar y vender los productos porque nadie más podía, por derecho legítimo.

Tenía que ganar algo, por supuesto. Era ministro, no la Madre Teresa.

También estampó muchas firmas. Como cuando firmó la destitución de los directorsuchos igualados que, en lugar de agradecer, tuvieron la osadía de denunciar. O cuando firmó los contratos eternos con esas farmacéuticas que vendían medicamentos que no cumplían con las normas. Pero de qué se quejan, antes no tenían ni eso. O cuando firmó los convenios con el hospital privado para que las operaciones costosas se realizaran allí, «por falta de infraestructura en los públicos». ¿Qué culpa tenía él de que su yerno fuera el dueño de la mejor institución de salud de la ciudad y de que quisiera ofrecer una atención de calidad a los pacientes necesitados, ya que lo público es una desgracia? Como cuando suscribió el estatuto en el que se amparaba a las clínicas privadas que se abstenían de recibir pacientes en urgencias cuando no pudieran respaldar su pago con un cheque en blanco. O como cuando compareció ante los jueces para testimoniar en favor del dueño de la clínica que dejó desangrarse a esa turista francesa porque no cargaba la chequera en la cartera.

Nadie es perfecto. En el camino tal vez cometió algunos errores, algunas omisiones. Era ministro, no Santa Rita de Cascia.

Como cuando omitió firmar la compra de respiradores para el área de neumología del hospital del seguro social. Como cuando omitió firmar el visto bueno para el proyecto de extensión del área de cuidados intensivos del hospital público más grande de la ciudad. Total, este país no tiene componte.

Por eso, cuando las cosas se pusieron feas, no tuvo tiempo de entender el cómo ni el por qué. Todo se desencadenó con una rapidez de pesadilla. Fue invitado a un matrimonio y saludó a todos. Unos días después estalló la noticia de que alguien de la fiesta había venido de Madrid para pasar los carnavales, estaba contagiado y había terminado en terapia intensiva. Luego dos, tres, diez. Familias enteras. Los Zimmermann-Córdovez, los Arismendi-O'Connell, los Alvarado-De Angelis, Los Elkouri-León. Toda la vecindad, la familia lejana, la familia cercana, su nieta, su hijo, su mujer. Las clínicas privadas abarrotadas veían morir a las grandes matronas, a los patriarcas de familias de buena cuna. Un holocausto de dimensiones bíblicas. Los pro-hombres de la patria entubados, inconscientes, conectados a todos los respiradores de la patria. Señor, aquí estamos tus hijos de rodillas. ¿Qué te hemos hecho?

Cuando le tocó a él, su hijo con oxigeno en la clínica y su hija cosida a la cabecera de la cama de su mujer agonizante, las ambulancias saturadas, los nietos en pánico, con terror de acercársele, fue el inepto chofer quien tuvo que llevarlo a la emergencia. Cuando llegaron a la clínica el caos era tal que nadie lo reconoció. No llevaba credenciales. Nada que lo pudiera identificar. Lo metieron en una camilla y desapareció entre las decenas de afiebrados, de familiares, de enfermeras.

Una vez adentro, había camas, pero no había chequera. La clínica privada lo rechazó por el mortal defecto de anonimia. Nadie podía garantizar el pago de los servicios. Se nos va a morir aquí este hombre. Que lo manden al hospital público. Afuera. En este momento.

—IU IU IU IU IU IU IU IU IU IU IUUUU, etc., etc.

En la puerta de entrada de emergencias lo esperaba un camillero con uniforme desgastado. Con guantes, con mascarilla, que le acarició la cabeza y le dijo que ya estaba en el hospital, que ya lo iban a ingresar. Tranquilo. No haga esfuerzos para hablar.

En la última frase completa de su vida, alcanzó a mascullar a duras penas la pregunta cuya respuesta le reveló su destino:

—¿Cuál hospital, carajo?

—El Hospital de la Beneficencia, señor.

Lo colocaron a duras penas en una cama desportillada, en un colchón apestoso, en unas sábanas roídas, en una sala llena de otros enfermos anónimos que agonizaban sin poder respirar. Las respiradoras se alternaban entre los más jóvenes, simplemente porque tenían más esperanzas de sobrevivir. Había solo dos para toda la sala llena de infectados. Como cuando las parturientas compartían cama de dos en dos, de tres en tres. Una enfermera joven, visiblemente extenuada, que corría de enfermo en enfermo haciendo lo que podía, le sujetó la mano, le secó el sudor, le quitó la ropa. Le tomó los signos vitales con ternura de madre. Y hasta ahí llegó su conciencia.

En el Hospital de la Beneficencia no había dinero para paliar el dolor de ningún paciente. Murió esa misma madrugada asfixiado lentamente. Solo. Con dolor, con terror, con hambre, con sed, embarrado en sus propios excrementos. Como todos los otros viejos y los diabéticos y los cardiópatas y los enfermos de SIDA que sucumbieron al virus. Como todos los inmunodeprimidos, mal comidos, mal lavados, mal vividos y sin linaje. Nadie supo quién era, que tenía apellidos de señorón y que había sido ministro de salud de cinco presidentes.

Lo metieron en un frigorífico como a todos los cholos contaminados y ya difuntos. No fue de los afortunados que tuvo derecho a un ataúd de cartón, financiado con los generosísimos fondos para la caridad de sus propios amigos de El Club. Tampoco alcanzó a merecer una bolsita negra de polietileno del Ministerio, de aquellas que se facturaron al Estado a 180 dólares por unidad. Se fue directo a la fosa común. Sin obispo, sin quinientos asistentes, sin títulos, sin apellidos. Estará en la eternidad en el hueco junto a los muchos cientos que se murieron esos días y que el gobierno se empeñará en seguir negando.

La ironía de la suerte quiso, sin embargo, que en la muerte estuviera rodeado de gente muy decente. De esos que en su vida no robaron un centavo a nadie, de esos a los que les enseñaron a trabajar desde chiquitos. A su izquierda, el cuerpo de la que en vida fue doña Rosa Chancay, 45 años, vendedora de agua de coco. A su derecha, el cuerpo de don Luis Expósito, 68 años, lustrabotas. Y sobre él, el cuerpo de don Segundo Anangonó, 77 años, ciego, vendedor ambulante de lotería de la Junta de Beneficencia.

Su familia nunca supo, ni sabrá, dónde lo fueron a enterrar estos indios incompetentes. Nada hubo de bien hecho durante esas malditas semanas de marzo. Pero entre los miembros de El Club, ya se aplaudía la moción de dar su nombre al área de inmunología del nuevo hospital público, cuya construcción estaría a cargo de la empresa de su nieto, que facturaría un precio siete veces mayor que el precio real.

Porque es un empresario prestigioso, no san Francisco de Asís.

Laura Ruíz Montes

HISTORIA COMÚN

Nos habían dicho que no saliéramos pero salíamos. Yo recorría puestos de frutas vacíos, calles húmedas y adoquinadas donde no había yerba entre las piedras, ni delicioso musgo fresco que pudiera masticarse para chupar el agua.

Para no volver con las manos vacías, terminaba robando heno a los caballos en las películas que veía en las noches y cocinándolo, a la mañana siguiente, en una hoguera que hacía en el patio con libros ya leídos. El fuego de esa hoguera, los chisporreteos, me ayudaban a comunicarme con *el más allá*. El más allá son esas otras ciudades donde hay gente amada que también se estremece cada vez que piensa en salir de sus casas. Gente a la que también le dijeron que no salieran.

Nos habían dicho que no saliéramos pero salíamos. Yo traía hojas de lechuga y con eso alimentaba a mi madre, a la perra y al felino. Insistía en dar hojas de lechuga a mi madre, una y otra vez, una y otra vez, para que se hartara y —como la madre de aquel cuento[2] de Mercé Rodoreda— dándome tremendo guantazo, por fin me gritara «¡no pienses!».

---

[2] «Mi Cristina».

Rose Mary Salum

LA PANDEMIA ES LA CEGUERA

Cuando veas las barbas de tu vecino cortar
pon las tuyas a remojar.

En estos días no he dejado de pensar en una de las novelas más famosas de José Saramago: *Ensayo sobre la ceguera*, en la que cuenta la historia de una epidemia que surge de forma abrupta e inexplicable mientras va dejando ciego a todo aquél que toca. La pérdida de la vista se contagia con una rapidez feroz: con solo mirarse a los ojos bastaba para quedarse ciego. Al poco tiempo de haber empezado la epidemia, los personajes principales son recluidos en cuarentena forzosa. En ese retiro, sus personajes tratan de sobrevivir con sus propios recursos y con la guía de la esposa del médico, la única que no ha perdido la vista. La ansiedad por la disponibilidad de alimentos, causada por irregularidades en la entrega, atenta contra la solidaridad y la civilidad de todos. La ley y el orden, los servicios sociales, el gobierno y las escuelas van dejando de funcionar. Las familias se han separado y no pueden encontrarse. El origen y la naturaleza inexplicables de la ceguera causan pánico generalizado y el orden social se desmorona rápidamente, a medida que el gobierno intenta contener inútilmente el contagio y mantener el orden a través de medidas cada vez más represivas e ineptas.

La novela de Saramago es una ficción, no obstante, las situaciones que presenta se han vuelto familiares. Desde que surgió hasta el momento, el coronavirus evolucionó de ser una enfermedad local hasta volverse una pandemia. Los expertos aún no tienen una idea clara del comportamiento del virus. Lo único que se tiene a la mano son los estudios y la base de datos que se ha acumulado a partir de este enero. No se sabe con exactitud, por ejemplo, si la incubación solo dura dos meses o más tiempo. No se tiene la certidumbre de si hay dos cepas, más de dos o es una sola. No sabemos con exactitud cómo actúa en mujeres embarazadas o en los niños. No sabemos muchas cosas.

El problema no es solo que esto nos toma indefensos, sin preparación y sin conocimiento alguno de cómo manejar un asunto que nos desborda a todos, sino con el miedo y la ignorancia como guías; nada nos garantiza que las medidas que se están (o no) tomando vayan a detener la pandemia. Muchas personas han tratado de minimizar los efectos del virus. Y quizá algunos puedan responder con el mismo escepticismo. Lo cierto es que la celeridad del contagio, el número de muertos por la falta de un tratamiento específico y la posibilidad de un colapso del sistema de salud que deje a las personas sin la debida atención hacen que esta enfermedad sea distinta a las otras que también afectan el sistema respiratorio y cardiovascular.

Tal como en la ficción de Saramago aparece la ineptitud de la sociedad ante la epidemia, en la vida real esa misma torpeza ha tomado mil formas, desde las esferas de poder al resto de la sociedad: Es la misma inhabilidad que ha puesto en evidencia la falta de recursos intelectuales y científicos para actuar con rapidez. Es la misma que muestra la deshonestidad de algunos gobiernos que abiertamente mienten a sus ciudadanos. Es la misma que en un momento dado vació los estantes de los supermercados; la que llevara a la escasez de agua y papel sanitario. Es la misma que derribó la bolsa de valores hasta su punto más bajo desde 1987. Es la que ha paralizado a los gobiernos y su economía. Es la que, teniendo el talento de los laboratorios a la mano para hacer uso de sus recursos, lo omite abiertamente. Es la misma que nos ha cegado a todos.

La forma en cómo ha reaccionado el mundo ha sido caótica. Pero hay algo que es evidente: algunos países asiáticos llevan la delantera. Es difícil pasar sin advertir la resolución con la que han implementado el protocolo de una emergencia que para ellos también era nueva y han logrado bajar drásticamente los indicadores que reportan los contagiados, los casos con cuadros críticos, las muertes así como los enfermos dados de alta. Occidente no ha podido igualarlos en la efectividad para controlar la pandemia. El papel que anteriormente desempeñaban Estados Unidos y los países europeos ha sido tomado por los asiáticos por su capacidad científica y de liderazgo.

En ese sentido, todos los demás países vamos semanas, si no es que meses, retrasados. España deja en cuarentena a sus habitantes apenas este fin de semana cuando Italia lo hizo hace varias y China hace más de un mes. Estados Unidos solo ha propuesto cerrar fronteras y México no da muestras de reconocer siquiera que tiene un problema. Y me pregunto, ¿por qué no imitar el modelo de los países que han sido exitosos en este combate?

El sentido común indicaría que cuando uno ve las barbas del vecino cortar... Sin embargo, la forma en cómo México y Estados Unidos han abordado la pandemia es más bien retórica, teatral y política ya que poco se está haciendo en la realidad (y sí mucho en el campo del absurdo) para detener el avance del contagio.

ESTADOS UNIDOS

Hasta hace algunos días, todavía el presidente Trump recomendaba a los ciudadanos ignorar la pandemia e ir a trabajar si habían contraído la infección respiratoria. Era la misma actitud que decía que esto era una farsa fabricada por los demócratas con tal de evitar su reelección. Temía una baja de la bolsa y, con ello, la imposibilidad de su reelección. Sin embargo, una vez que la Organización Mundial de la Salud dijo que el Coronavirus se había convertido en una pandemia, la Casa Blanca se vio obligada a aceptar que la situación era muy seria sin que ello nos garantizara que reaccionaría a la altura de la emergencia.

En un principio, cuando en enero se tomó conciencia de la rapidez del contagio, los chinos pusieron a la disposición de todos los laboratorios la secuencia del virus para que los demás países pudieran crear rápidamente sus propias pruebas. La Organización Mundial de la Salud aprobó una que fue desarrollada por algunos científicos alemanes. Pero EE. UU., que considera que el C.D.C. (*Centers for Disease Control and Prevention*) es la principal agencia de salud pública del mundo, decidió trabajar en su propia prueba. El primer obstáculo que se presentó fue que no obtuvo la aprobación del F.D.A. (*U.S. Food and Drug Administration*) hasta la primera semana de febrero. Así que a fue a principios de ese mes que se distribuyeron los *kits* para hacer la prueba del Covid-19 a todos los laboratorios, pero esos *kits* no funcionaron. Desde entonces y hasta la fecha, los especímenes se tienen que enviar a los laboratorios de Atlanta y los resultados tardan algunos días.

Todavía hasta el momento en que se escribe este artículo en Estados Unidos seguimos sin un acceso fácil y rápido a las pruebas. *The New York Times* reportaba el 12 de marzo algo que todos los ciudadanos seguimos observando desde que aparecieron los primeros casos en el país: hay una total escasez de *kits* y aún con todos los síntomas del virus la persona sale de un consultorio sin saber si tiene o no la enfermedad porque las pruebas se realizan solo bajo ciertos criterios.

Si un país no cuenta con lo más elemental que es saber si sus habitantes padecen o no el coronavirus —sin importar cuántas fronteras cierre, baje las tasas de intereses a cero o anuncie una lista de recomendaciones para sus habitantes—, la contención de la epidemia se hace prácticamente imposible así como la posibilidad de erradicarla se hace más remota. Por lo pronto, las cifras se presentan alteradas en los indicadores de salud. La información es limitada e incorrecta. Y gobernantes y los ciudadanos quedamos cegados frente a las circunstancias reales mientras la gente vacía frenéticamente los estantes de los supermercados.

MÉXICO

Si la absoluta miopía frente a las circunstancias es muy grave en los Estados Unidos, en México es aún más preocupante. En enero del 2020 se encontraron los dos primeros casos en el país; desde esa fecha hasta el 12 de marzo, los indicadores que mostraban el avance del virus se quedaron paralizados. ¿Acaso estas personas no contagiaron a familiares, amigos y extraños en ningún momento de la incubación hasta la manifestación plena de la enfermedad? Con constancia se menciona que el virus es particularmente peligroso por su propia facilidad de propagación, lo que hace difícil creer que en un mes y medio su avance haya quedado congelado. El lector dirá que muchos pecamos de escépticos pero cuando un presidente confiesa públicamente su desinterés por la marcha del 8M, ese alarde equivale a decir que jamás puso atención al reclamo que cientos de miles de mujeres hicieron con el único propósito de contener la ola de violencia hacia las mujeres y los feminicidios, no veo por qué ahora frente a esta otra crisis podrá prestar atención. Por otro lado, las presiones de parte de intelectuales, ciudadanos y algunos estratos gubernamentales intentan que se atienda a una pandemia que por sus propias estadísticas amenaza con infectar a un porcentaje importante de la población. Aún así, las medidas que se han tomado son prácticamente inexistentes y el discurso oficial no va más allá del irresponsable retórico: «No nos va a pasar nada».

La ceguera que ambos gobiernos han mostrado, ya sea por ineptitud o por miedo a que la economía salga dañada, tarde o temprano se traducirá en una repercusión importante en esa misma economía e irá contra esos gobiernos populistas que carecen de un auténtico plan de contingencia. La ausencia de liderazgo provocará un descalabro que rebasará la crisis del Coronavirus con consecuencias imprevisibles. El escenario es aterrador. Esconder la cabeza en la tierra para negar los problemas y que estos desaparezcan solos, arreciará la gravedad de las circunstancias y, por ende, el presente y el futuro económico de ambos países. Cada vez que el gobierno norteamericano pretende suavizar su discurso, la bolsa de valores baja aún más. Las repercusiones de esta baja en México son muy peligrosas porque afectan a un país ya de por sí con déficit de crecimiento.

La ciencia, la investigación, los recursos están allí para tomarlos y usarlos de forma precisa, coherente, efectiva y bien pensada. Pero eso no ha sucedido. A veinte años de haber sido publicada la novela de Saramago, sus palabras siguen siendo fuente de lucidez y verdad: «Creo que no nos quedamos ciegos, creo que estamos ciegos. Ciegos que ven, ciegos que viendo, no ven».

Mayra Santos Febres

EN TIEMPOS DE PANDEMIA: FASE 3

Se abren las calles las compuertas
los caminos las oficinas los cines
se me abre un abismo en el pecho no quiero regresar
no quiero ser la misma
no quiero que el mundo sea el mismo no quiero ver
el sol meterme en el tapón regresar
no quiero para de contar muertos y estrellas
cifras desde el techo de mi casa donde el aire
parece más líquido más respirable.

no quiero ir al gimnasio no quiero rebajar no quiero
dejar a mi tribu separarme
del fuego en la pantalla todo el tiempo del mundo para
amar escribir cocinar
no quiero caminar por el mundo entre sus oros falsos
falsos brillos
ni perseguir el éxito las faenas ni premios ni conferencias ni nada

Quiero que la vida se abra lentamente como un capullo
y que después me asalte con un golpe de color
pétalos suaves que se marchitan pronto pero que igual
construyen universos.

Quiero eso así como le dé la gana a la vida libre al fin
De esta segunda naturaleza que hemos creado y que cada vez
me engancha menos.

Que sobreviva la tierna caricia la lengua entre la sílaba
las piernas de mis hijos
corriendo hacia el mar mi hombre mirándome y yo a él como galaxias
la paz de los atardeceres la muerte implacable cuando toque este verso los demás versos y soñar.

Fernando Valerio-Holguín

AUTORRETRATO A LOS 64 EN TIEMPOS DE CORONAVIRUS

Pixelado
    remoto
en seis recuadros de Zoom
(Zoom zoom, zoom zoom de la calavera
al que se duerma le doy una pera.)
Enmudecido el micrófono
frente a doce retratos
también pixelados de Zoom
que me felicitan por mi cumpleaños
    con las lágrimas artificiales de una sentida alegría.

Vulnerado
    por un tiempo que es esperanza o recuerdo
tiempo sin lugar
que jamás volverá a ser mío.
(Si vinieras, mi Rosa gitana, a salvarme
    y zarpáramos a alta mar
    en la balandra tatuada en tu axila
y en el alto azul de alta mar todo fuera agua, cielo y tú
si recaláramos en el puerto celeste de Chefchaouen
y en el día azul *marjorelle* de Chefchaouen

contempláramos el gato azabache
como una mancha indeleble

desde un balcón
en Chefchaouen.)

Zoom zoom, zoom zoom de la calavera…
¿Y la peste?
Invisible en las calles de septiembre.
¿Y septiembre?
Una masacre en las calles de Santiago.
¿Y septiembre?
Un genocidio en la torre de naipes.
¿Y mi regalo de cumpleaños?
Cinco negros linchados en Texas.
¿Y el pan?
Sin boca en las calles.
¿Y la sal?
No hay lugar. Solo círculos concéntricos.

(¿Por qué tenías que parirme, madre, un día 11 en septiembre, huracanado, nefasto y crepuscular, en un país donde ni siquiera ya recuerdo quién soy? ¿Por qué no pude haber nacido otro día, otro mes, en la primera estación del año, en un país menos brutal, un pueblo menos triste, rodeado de gatos barcinos, pero siempre arrebolado en la leche de tu galaxia! La Vega es mi destino y septiembre, mi condena.)

(Zoom-zoom. Zoom-zoom de la calavera…)

Lejano
cuadriculado en la bruma digital
vistiendo un traje demasiado estrecho
en la pantalla de la computadora
ahora que solo escribo módulos de desconsuelo

e inconmensurables objetivos
¿en qué módulo cabrá mi rabia?
¿cuáles serán mis objetivos espirituales?
si al final, no seré capaz de:
1. Identificar la felicidad
2. Hacer una lista de arrepentimientos
3. Definir el color del desamparo
4. Explicar el crepúsculo
(Zoom-zoom. Zoom-zoom de la calavera…)

(¡Y tú, Rosa gitana, esfuminada
                                        inverosímil
tú que te alejas
con un gesto de tu boca en la pantalla
y me dejas
en Zoom, herido
con tantas lágrimas sin certeza!)

No hay lugar,
solo tiempo que es esperanza o recuerdo
—ya lo he dicho—
para Martinejo, como yo, un señor viejo.
Queda una desesperanzada esperanza
y una patria definitiva sin poesía
sin septiembres ni árboles
                                  que me reclama
como un relincho sin madre en la noche.
(Zoom zoom, zoom zoom de la calavera
al que se duerma le doy una pera.)

Elaine Vilar Madruga

NO ESTOY EMBARAZADA

Abro el test de embarazo con cuidado. Es la reliquia más preciada de mi mundo. Ya no me queda otro y tampoco saldré a las calles a comprar un reemplazo porque siento miedo. Así que más vale que funcione. Tendré que conformarme con su resultado. Positivo o negativo. Me siento como el Gato de Schrödinger dentro de su caja. ¿Se liberarán o no los gases letales? ¿Positivo o negativo? No es tiempo de llorar. ¿Habrá llorado el gato de Schrödinger? No es tiempo de otra cosa que no sea esta larga espera, esta espera sin pies ni cabeza, en la que todos nos diluimos. El tiempo es un elefante y sus patas están encima de mi cuello.

Orino. El test se mancha de rosado. Aparece la primera línea, que prueba todo está en funcionamiento. Soy afortunada. Soy un gato atrapado entre el lugar común del encierro y su destino. Espero por si aparece la segunda línea. ¿Negativo o positivo? Negativo. Es un día como otro cualquiera, uno más de los que se suman como líneas rojas en el almanaque de mi mente.

En la cama me espera mi abuela. No sé para qué quiero hijos si mi abuela se ha transformado en un bebé. La alimento. La levanto. Siento el olor de su vejez, que es un poco como el olor de la infancia, pero más tenue, más diluido en el tiempo. La llevo al baño. Repetimos la rutina de siempre. El agua caliente, la toalla caliente sobre su barriga, levantar sus pies, frotar con jabón y con paciencia, ella no puede usar el brazo, sentir ganas de explotar, escuchar sus manías, recoger mil veces la toalla que se ha caído al piso, ganas de explotar, pañales, voy a explotar, soy dinamita, me regaña, la tolero, le respondo con alguna palabra dura, talco, se queja, ella no puede usar la pierna, la beso, me besa. Le llevo sus pastillas.

Esas pastillas que la mantienen viva ya han comenzado a desaparecer en mi país.

Ha avanzado el día. Hace calor. La cuarentena es insoportable, pero este vapor en el aire, este vapor húmedo en los pulmones, lo hace todo peor. Con este calor dan ganas de hacer el amor y de bailar, pero afuera, en el mundo exterior y en otros momentos.

Escribo. Tengo que escribir. Me obligo a escribir. No es una cuestión de disciplina o de rigor del oficio. También. Pero ahora realizo esta faena como una tarea más, rutinaria hasta cierto punto, que difusamente me ata a la cordura. Me pierdo en las palabras. No es creación, es supervivencia. Escribo una versión de *Edipo Rey*. ¿Mitos trágicos en este tiempo? Sí, por qué no. Edipo usa mascarilla, Yocasta busca con urgencia un respirador… la peste es algo común que compartimos con aquel tiempo en Tebas.

El arte salva y el arte mata. Hoy salva.

Comer. Una función biológica. Es preciso cumplir con las funciones biológicas. Al fin y al cabo, respirar es también una de esas funciones y se realiza en automático. Comer, no. Comer exige un esfuerzo deliberado del sujeto, un esfuerzo activo. Se debe sentir el alimento en la boca, comulgar con él, masticar, es importante masticar, tragar. Pero en estos días la comida no es apetitosa, no tiene esperanza. Y comienza a acabarse. Como las pastillas que mantienen viva a mi abuela.

En este país, todos tememos que la comida se acabe de repente. Que ya no tengamos el pollo, el arroz, el frijol, las cosas básicas que nos atan a la normalidad y a la rutina alimenticia. El miedo no es infundado. Existe. Es real. Podría suceder. Es un miedo horrible. La gente se amontona en las calles en busca de una botella de aceite, de un paquete de picadillo, de enlatados. Pequeños triunfos de las personas en este momento de incertidumbre. Encontrar mantequilla, un lujo. Helado, una utopía. Nos queda el pan. El pan nuestro de cada día, por el que todos rezan. En mi país existe mayor miedo al hambre que al encierro o la pandemia.

Mis vecinos tienen rostros duros. Se intercambian noticias de ventana a ventana. Se comentan dónde apareció determinado alimento. Allá van todos, en manada, un segundo después, a la caza de un producto cualquiera. Hace pocos años, en este país existía hambre, mucha hambre, una hambruna terrible. Por aquel entonces, las personas comían gatos porque no había carne. Ahora ya apenas veo gatos. ¿Qué comerá la gente cuando la carne vuelva a faltar?

Cuento mis provisiones. Soy una hormiga en su agujero. Queda para tres semanas más, si somos precavidas, si comemos poco, solo lo necesario. Si algo no falla. No quiero pensar en esa posibilidad. Como. Me aferro a la función biológica.

El día transcurre y el vapor marcha a su lado. A media tarde, llega la claustrofobia. Pasa de inmediato. Es solo un miedo difuso, un trozo de pintura sobre el lienzo. Me estoy acostumbrando, pienso. Soy dura. Soy hierro, pienso. Ni el calor me va a reventar ni tampoco la pandemia. Soy una hormiga. Soy el Gato de Schrödinger y estoy viva, respiro en medio de los gases letales. El encierro no existe. La jaula no existe. No existe. No existe.

Repetir frases y esperar al día siguiente es una buena estrategia. Funciona.

Abuela tiene sueño. La acuesto. Duerme el sueño de los benditos y de los viejos. Quisiera ser anciana, solo por un segundo, para poder dormir así.

Por ahí, a la deriva, se me ha quedado el *test*, el famoso test de embarazo, el *test* que dio negativo. Quisiera guardarlo de recuerdo. Ni idea de por qué quiero guardarlo. ¿Cómo un testimonio, tal vez? ¿Pero de qué? De un día cualquiera. De un día extraordinario.

No sufras, dice mamá, ¿por qué sufres si estamos bien aquí, si aún tenemos todo lo que necesitamos para ser felices? No es el fin del mundo. Aunque el fin del mundo debe tener un rostro parecido a este, un rostro donde no hay relojes, ni tiempo, sino espera.

Es la espera de un país que ha aguardado demasiado.

Lena Yau

MANAKIN. FRAGMENTOS DE UN DIARIO SIN LUGAR PARA LAS FECHAS

Soy la misma.
Tres palabras que repito cuando el sol traspasa mis párpados y la vida de gas se desvanece.
Me levanto como quien rasga el papel de un regalo, con dificultad y expectativa, con interrogantes, con un vaivén entre la sorpresa y la decepción, con mal disimulo.
Apechuga. Arranca. Pon buena cara. Tú puedes.
En la ducha reprocho a mi padre —me dejaste tirada en este mundo— y me arrepiento de inmediato.
Desde marzo todo son relojes blandos.
No es malo, tomando en cuenta que un año antes estuve muerta.
Intento no pensar en los símbolos de una enfermedad que nos asola.
Falta de aire. Pérdida del olfato y del gusto. Pulmones albos. Circulación con islotes letales.
La voz, los sensores del conocimiento, las alas, la savia.
Intento cerrar mis manuscritos, pero la urgencia me obliga a redactar temarios, objetivos, ejercicios.
Diseño los talleres de literatura y gastronomía y de escritura culinaria y los lanzo a la intemperie que nos queda: las calles digitales.

La respuesta no es desdeñable, cuarenta talleristas en tres meses.
Descubro un ágora virtual.
Conozco a mujeres que me asombran, que me hacen sentir pequeña.
Las escucho contarse como personajes.
C. habla desde el norte con su músculo amatorio mellado por el Corona.
V. cuenta desde la isla del volcán más alto que su sistema digestivo es el de una oruga.
R. enumera constantes en wayuu.
A. dibuja su voluntad asistencial en un puerto.
M. espera un avión que la regrese al hogar de acogida.
Y. llora en su doble turno en cocina porque recuerda los libros que dejó en la huida.
N. canta en un pastiche de acentos cuyo sustrato es la nalgada del llanto.
J. confiesa que su primera palabra no fue mamá sino agua.
P. enciende el fuego bajo una olla para mermar la frustración y la violencia en una cárcel.
J. se quita la bata, empuña la pluma y demuestra que la caligrafía de médico puede narrar historias complejas.
K. detalla sonriendo sus etapas de refugiada: repartidora de volantes, empleada doméstica, canguro y maestra del horno en un obrador.
Son más. Piedras molares que nada rompe.

Isla Oniria

Conduzco. Las calles son estrechas. La visibilidad entre los cruces es escasa.
La hilera de casas neocoloniales que acompaña el carril parece inclinarse hacia mí.

Es una ilusión óptica, me digo.
Alcanzo una esquina, calculo la prioridad en función del sentido, busco el paso de peatones.
Niego con un gesto que refleja el espejo retrovisor.
No es Madrid, es El Hatillo.
¿Qué hago aquí?
Miro el cartel que indica el nombre de la vía.
Leo: Franz Canetti.
Despierto con una palabra en la boca que se disuelve como un caramelo antes de que pueda fijarla en papel.

Una ventana al mundo es Zoom.
Otra, las redes.
Me asomo poco por falta de tiempo.
(Verdad a medias).
Lo real es que me alongo para recoger recomendaciones de libros, enlaces a revistas literarias, fragmentos de poemas, chistes tontos que me ayudan a sobrellevar los días.
Veo en la distancia alianzas que me perturban.
Oteo el oficio desde mi torre.
Cuestiono y me cuestiono.
¿Me perjudica ser eremita?
¿Me conviene saltar sobre mí, tener agendas, parlotear, hacer grupo, predicar?
¿Es parte del ejercicio literario?
Esquivo índices señaladores.
No publica, no se reúne, no la traducen, no danza.
Un amigo de colegio me aclara: siempre has sido así.
La pregunta se hace fija.
¿Juego en mi contra?
Más mutismo.
Siento que estoy dentro de una nuez.

A veces quiero salir, mis nudillos tocan la cáscara y sugieren que no lo intente.
Pasan los meses y no escribo correos personales.
Busco comprenderlo, se me hace difícil, la amistad epistolar es esencial.
Quizás, conjeturo, me da miedo verbalizar el año que estuve muerta.
Tal vez me da vergüenza que mis líneas delaten una resurrección en medio de tantos caídos.
Sobrevuelo el querer para no herir.
Me agoto mientras veo hormonas y tejemanejes en el canon venidero.
Busco ojos bienqueridos y susurro: soy la misma.

Todos los días sueño que troto.
Antes corría, aprendí a hacerlo en Lanzarote.
En la vida de gas troto hacia la playa, busco llegar al risco, dejo de escuchar a Tuc siguiendo mi ritmo, volteo, la playa desaparece, estoy en mi calle.
Bajo la mirada. Mis deportivas están rotas.
Despierto, las busco en el armario, paso mis dedos por los agujeros en la tela impermeable.
Están raídas en los dos mundos.
A veces hay exactitud entre Isla Oniria e Isla Vigilia.
Devuelvo las zapatillas a su lugar, debería salir a caminar, pero el pánico a la enfermedad me detiene.
Mi pulso se llama ansiedad.
La pandemia acelera una angustia que me llena de fantasmas.
De madrugada me despierta de golpe, siento que estrecha sus manos en mi cuello, que me estrangula, que no lo supero.
Toco mi corazón.

No late.
Un punto sin nombre se hace deslave en mi cerebro.
Es un ACV, estoy segura.
¿Y si me matan mis fobias después de tanto esconderme del virus?
Toco la funda de mi almohada. Está rota.
Mi mente se va al 2008, a la crisis española, a los paseos en los que veía hombres sentados en un banco destilando la impotencia de no tener trabajo, manos columpiando maletines desconchados, pies apresados en cuero cuarteado, grapas en los ruedos.
Doce años después, pandemia mediante, mis circunstancias son esas ruinas.
Una punzada en el estómago anuncia un infarto.
¿Dónde estás, sentido del humor? ¡Ayúdame a calmarme!
Descarto el ansiolítico que guardo en mi mesa de luz, me dejo guiar por Giovanna, ella me enseñó a convertir los libros en oráculos.
Abro al azar, hago círculos en el aire, dejo caer mi dedo en la página: Tuna Brava.
No sé cómo interpretar el mensaje.

En seis meses he olido salitre muchas veces.
El mar más cercano está a 360 kilómetros.
Mi mar está siempre.
Antes del confinamiento por decreto, estuvo el confinamiento por elección.
Cuando estaba bajo tierra, escribí esto:

«Dicen que la pluma que cuida los lobos es una mujer de piedra que vino hace muchos años de un lugar sin mar muy al sur. ¿Al sur de dónde?, quiero preguntar,

pero me distrae el adverbio *muy* y me preocupa la no existencia de mar.
Imagino, pues, que será de un sitio en el fondo de la tierra, una poza profunda y seca, un país que escucha las formas del agua pero que no las ve.
Muy al sur suena a aislamiento, pienso.
Se piensan muchas cosas cuando tardas en alcanzar el otro lado.
Ya escucho a los lobos.
Por ellos sé que queda menos.
El lugar del centinela es justamente lo contrario al de la mujer de piedra.
Hueco azul que son muchos huecos, todos concéntricos, todos girando en dos sentidos, todos creciendo en los grados de Saussure hasta romperlos.
Centinela hace estallar al cianómetro porque sabe de infinitos».

Rompí la nuez.
Antes de hacerlo, releí a Conrad:

«Por eso mismo los relatos de los marinos tienen una franca sencillez: toda su significación puede encerrarse dentro de la cáscara de una nuez. Pero Marlow no era un típico hombre de mar (si se exceptúa su afición a relatar historias), y para él la importancia de un relato no estaba dentro de la nuez sino afuera, envolviendo la anécdota de la misma manera que el resplandor circunda la luz, a semejanza de uno de esos halos neblinosos».
Salí. Compartí mesas entre máscaras. Hablé de comida ausente, sin consideración con los platos presentes. Tomé vino y descarté el pan. Cuéntame tus islas, pidió mi compañía. Eludí compartir mi geografía, me despedí chocando codos.

Veo el teléfono.
La pantalla se ilumina con un nombre.
Manakin: ave de plumas azul y negro.
(como las flores que cubren mi boca, como mis trazos en las libretas, como el salabardo, como las cianotipias de Marienna, como la fe en los libros).
Reaprendo a caminar.

Patricia Zangaro

LA SIERRA

Personajes:

Ramona
Tino
Pedro
Lucía

I

Salón de una casona con vistas a la sierra. Ha caído el sol.

RAMONA. ¿Se ha lavado usted las manos?
TINO. Sí, señora…
RAMONA. Desinfectaré su equipaje antes de subirlo al cuarto…
TINO. ¿La señorita…?
RAMONA. Terminando de vestirse… ¿Le sirvo un café?
TINO. Gracias… Ramona.

Ramona va a retirarse.

TINO. ¿Tiene miedo?
RAMONA. ¿Perdón, señor?
TINO. Los que venimos de la ciudad parecemos apestados…
RAMONA. No hay muchos de la ciudad aquí en la sierra…
TINO. ¿Soy el único…?
RAMONA. Voy a traerle el café…

Ramona sale.

Tino se quita el abrigo. Mira a su alrededor. Se detiene ante un cuadro.

PEDRO. ¿Le gusta…?
TINO. (*Volviéndose sobresaltado*) Perdón, no lo vi…
PEDRO. Soy Pedro, encantado… (*Va a darle la mano*)
TINO. (*Sin corresponderle*) Disculpe… comprenderá…
PEDRO. Ah, claro… Bienvenido, de todos modos…
TINO. Lucía me habló mucho de usted…
PEDRO. ¿De mí o de mis cuadros?
TINO. Bueno, de eso habla todo el mundo…
PEDRO. ¿Sí? ¿Y qué dicen?
TINO. Usted debe saberlo… Es muy respetado…
PEDRO. ¡Respetado!
TINO. Uno de los pintores más importantes del país…
PEDRO. Si hay algo que nunca hubiera esperado es eso…

Tino calla, intrigado.

PEDRO. Toda una vida combatiendo las normas para terminar… (*Se ríe*) ¿Y usted? ¿Qué era lo suyo? Déjeme pensar… ¡Deportista!
TINO. Eso es un *hobby*, señor…
PEDRO. ¿Rugby?
TINO. Box…
PEDRO. ¡Boxeador!

Pausa.

TINO. Finanzas… Lucía tiene que habérselo dicho…

Lucía baja las escaleras y se precipita sobre Tino.

TINO. (*Dejándose abrazar, con aprehensión*) Lucía…
PEDRO. ¿Con ella no guarda las distancias, Tino?
LUCÍA. Papá… no está enfermo. ¿Verdad que no?

TINO. (*Soltándola*) Es solo prevención, Lucía…
LUCÍA. ¡Qué alegría que estés aquí! Descanso, aire puro…
TINO. Estoy muy agradecido de que me hayan invitado…
PEDRO. Es mérito exclusivo de Lucía…
LUCÍA. Papá… ¿no vas a ofrecerle un trago?

Llega Ramona con el café.

RAMONA. Sírvase su café, señor. Ya preparé su cuarto, puede ducharse antes de la cena…
PEDRO. ¡Fíjese cómo lo cuidamos!
TINO. Gracias, Ramona. Subo a higienizarme y estoy con ustedes.

Tino sube las escaleras.

LUCÍA. ¡No se comporten así! No está infectado…
RAMONA. No fue una buena idea traerlo.
PEDRO. Rebosa salud. Poné la mesa, Ramona.

Ramona sale refunfuñando.

PEDRO. No me dijiste que fuera…
LUCÍA. ¿Guapo?
PEDRO. … hábil con los puños.
LUCÍA. No va a pegarte…
PEDRO. ¿No?
LUCÍA. No empieces, papá. Si no fuera porque corría riesgo, no lo habría traído. Sabés que no me gusta perturbar tu intimidad…
PEDRO. No podría haber venido en momento más oportuno…
LUCÍA. ¿De verdad no te molesta?

PEDRO. Tal vez me ayude a olvidar este momento de aridez... Hace meses que me paro frente a la tela en blanco... Nada... es como si estuviera muerto...

LUCÍA. No te viene mal un poco de reposo...

PEDRO. Nada me angustia más que este vacío...

LUCÍA. Papá... A lo mejor es una buena ocasión para mirarnos...

PEDRO. ¿Es un reproche?

LUCÍA. Solo una descripción... ¿Cuánto hace que no conversamos, que no compartimos nada de los que nos pasa?

PEDRO. Lucía...

LUCÍA. Desde que murió mamá...

PEDRO. ¡Tu santa madre!

LUCÍA. No te pongas desagradable...

PEDRO. Tu madre podía «mirarte» porque yo me ocupaba del resto, Lucía. Me gasté la vida peleando con la forma para pintar algo que valiera la pena, para hacerme una posición, para hartarlas de comodidades... Tampoco ella se preocupó nunca por saber qué me pasaba... El único pago que recibí fue su indiferencia...

LUCÍA. Fue su único modo de defenderse de tus deslices y humillaciones...

PEDRO. ¡Bah! ¡Moralina!

Lucía lo mira.

LUCÍA. Cada vez que vengo pienso que algo va a cambiar, pero...

PEDRO. Te sirvo un trago. Te va a predisponer bien.

Pedro sirve dos copas.

PEDRO. Ese muchacho va a necesitar descargarse después de tanto aislamiento...

Aparece Ramona.

RAMONA. La cena está lista…

Lucía rechaza la copa que le tiende Pedro.

LUCÍA. Voy a buscar a Tino.

Sale.

PEDRO. ¿Una copa, Ramona?
RAMONA. ¿Discutieron?
PEDRO. Siempre la misma fisgona…
RAMONA. Ese muchacho…
PEDRO. ¿Qué?
RAMONA. No me gusta… (*Mira la sierra*) Huelo a tormenta, señor…

II

Trueno.
La casa a oscuras.
Se ve la sierra a través del ventanal, iluminada por un rayo.
Tino baja las escaleras, desvelado. Se para frente al cuadro que observó al llegar, pero no advierte la presencia silenciosa de Pedro, que bebe en un sillón.

PEDRO. ¿Qué es lo que tanto le atrae de ese cuadro?
TINO. *(Sobresaltado)* Pedro…
PEDRO. Ni siquiera es un buen retrato… Solo el modelo valía la pena…

TINO. Perdón, entiendo muy poco... Pero ese rostro... no sé... Algo en la expresión...

PEDRO. ¿Lo perturba?

TINO. Es posible...

PEDRO. La mirada... Es como si se ofreciera al sacrificio...

Tino se vuelve hacia Pedro.

PEDRO. ¿Insomnio?

TINO. Supongo que usted también...

PEDRO. Soy noctámbulo... En mis tiempos solían bajar las musas con la oscuridad... Ahora, en cambio... ¿Un trago?

TINO. (*Sentándose frente a Pedro*) Fueron días de mucha inquietud... Toda esa pesadilla en torno a la peste... la ciudad militarizada... la gente aterrada en su casa... Tengo los nervios destrozados...

PEDRO. (*Tuteándolo, de pronto, mientras le alcanza el trago*) Te tiemblan las manos...

Tino se mira las manos, sorprendido. Un trueno.

TINO. ¿Podría... prender la luz?

Pedro enciende un velador, a su lado.

PEDRO. Son hermosas...

Tino lo mira confundido.

PEDRO. Tus manos... Intuyo su fuerza... brutal, incluso ahora que se estremecen... Tal vez podría intentar... pintarlas...

TINO. Su hija no piensa lo mismo...

Pedro lo mira con atención.

TINO. Creo que las encuentra feas… como si no encajaran con mi cuerpo…

PEDRO. Es eso… esa extrañeza, esa anomalía, ese… peligro… lo que las vuelve atractivas…

Tino se mira las manos. Silencio incómodo.

TINO. Supongo que es el box… se me fueron… deformando…

PEDRO. El box, claro…

Aparece Lucía.

LUCÍA. ¿Qué pasa, Tino?

PEDRO. Estamos desvelados…

LUCÍA. No te pregunté a vos, papá…

TINO. No podía estarme en la cama…

LUCÍA. ¿Te sentís bien?

PEDRO. Mejor los dejo a solas… (*Antes de salir*) Yo encuentro bellas sus manos, Lucía… Quizá intente pintarlas… (*Sale*)

LUCÍA. ¡Qué!

TINO. No le hagas caso…

LUCÍA. ¿Te propuso un retrato?

TINO. Creo que bromea…

LUCÍA. Supongo que no habrás aceptado…

TINO. ¿Y si lo hiciera?

LUCÍA. ¿Aceptarías?

TINO. ¿Por qué no?

LUCÍA. ¡No vas a hacerlo!

TINO. ¿Ah, no?

LUCÍA. ¡No voy a permitir que te expongas a eso!

Tino la mira sorprendido.

TINO. ¿Qué hay, Lucía? No es para tanto…
LUCÍA. No conocés a mi padre…

Silencio expectante de Tino.

LUCÍA. Es… egoísta.

Lucía fuerza una sonrisa.

LUCÍA. Va a capturarte en su estudio… y yo… te quiero solo para mí.

Lucía lo abraza.

TINO. Yo no debiera abrazarte…
LUCÍA. Sé que no estás infectado… Con este vigor, estos músculos… imposible… (*Lo besa*)
TINO. Hace tanto que no… (*La besa, con violencia*)
LUCÍA. (*Apagando el velador*) Hagámoslo aquí…
TINO. ¿Y tu padre?
LUCÍA. (*Arrancándose la ropa*) Espiando, seguramente, detrás de la puerta…
TINO. (*Volviéndose, inquieto*) Subamos al cuarto…
LUCÍA. No, que mire y se muera de envidia…

III

Mañana soleada.
Ramona sentada frente a Pedro, masajeándole las manos.

PEDRO. Duele…

RAMONA. Hasta que se vuelvan a formar los callos. Tiene que volver a pintar…

PEDRO. ¿Qué? ¿Esa sierra inmóvil? Me cansé de su presencia… Encendida, en sombras, cubierta de verde, desnuda… Le arranqué el alma, ahora enmudeció…

Ramona lo mira un instante.

RAMONA. ¿Escuchó el jaleo? Anoche…

PEDRO. ¿La tormenta?

RAMONA. La niña… con ese hombre…

PEDRO. ¿Qué?

RAMONA. No puede no haberlos oído… Aquí mismo, un escándalo…

PEDRO. Son jóvenes… ¿Desde cuándo tanto recato, Ramona?

RAMONA. Es una imprudencia… Él viene de la ciudad… de ese pozo de inmundicia…

PEDRO. Ya estamos grandes, Ramona… Si no es la peste, nos matará el aburrimiento…

RAMONA. ¿Pero su hija? ¿No ha pensado?

PEDRO. Que disfrute, mientras pueda… Ya quisiera yo volver a encandilarme…

Silencio de Ramona.

RAMONA. Él tiene la mirada turbia… Y es…

PEDRO. Guapo…

RAMONA. A rabiar…

Silencio.

PEDRO. ¿Has visto sus manos? Si pudiera retratarlo…

RAMONA. No es eso lo que le conviene pintar.

Pedro la mira.

RAMONA. Lucía va a oponerse...
PEDRO. No necesito su permiso... ¡Ay! (*Retira la mano*)
RAMONA. Perdón...

Pedro se levanta fastidiado y se sirve un trago.

RAMONA. Habiendo tantos chicos en el pueblo...

Pedro mira la sierra, callado.

RAMONA. El hijo de Sosa, el albañil... viera cómo ha crecido...

Pedro calla.

RAMONA. Y el peón del almacén... ¿Cómo se llama? Braulio... el torso moreno, y unos ojos de zorro...
PEDRO. No me interesan tus efebos, Ramona...
RAMONA. ¡Harían lo que les pidiera por unas cuantas monedas!
PEDRO. Y yo terminaría de hundirme frente a la tela en blanco...

Silencio de Ramona.

RAMONA. No sé por qué se empeña en...
PEDRO. ¿Enamorarme?
RAMONA. ...en perderse...
PEDRO. ¡Perderme! Ojalá pudiera todavía...
RAMONA. ¡Cállese!

Pedro la mira intensamente.

PEDRO. ¡Cómo hubieras querido, ¿verdad, Ramona?, arder de pasión aunque sea un instante! Temblar de deseo, gozar y quemarte hasta que no quedara de tus huesos más que un manojo de ascuas…

RAMONA. (*Con amarga calma*) El diablo tuvo la gentileza de ahorrarme semejante tormento… y espero que no vuelva a asolar con esa maldición esta casa…

Pedro alza su copa y bebe.

Se oye la risa de Lucía. Luego aparece bajando las escaleras, seguida de Tino, con ropa deportiva y el pelo húmedo después de la ducha.

LUCÍA. Vamos a aprovechar el sol para dar un paseo…

PEDRO. (*Observando a Tino*) Buenos días…

RAMONA. ¿El señorito va a pasearse por el pueblo…?

LUCÍA. ¿Alguna objeción, Ramona?

RAMONA. No me parece conveniente viniendo de…

LUCÍA. Prepará una cesta, vamos a almorzar en el camino…

Ramona mira de reojo a Tino, y sale.

PEDRO. ¿A qué hora vuelven…?

Lucía lo mira sorprendida.

PEDRO. Pensaba invitar a Tino a conocer el taller…

TINO. Le agradezco, Pedro…

PEDRO. Conviene verlo a la luz de la tarde…

LUCÍA. No creo que volvamos antes de la cena.

Pedro se sonríe.

PEDRO. Quería mostrarte unos retratos del modelo… que te atrajo tanto…

Lucía mira extrañada a Tino.

PEDRO. Hay uno en particular…
LUCÍA. A Tino no le importa en absoluto la pintura, papá…

Silencio incómodo de Tino.

LUCÍA. Si alguna vez se interesó por un cuadro fue para decorar las paredes de la empresa…
TINO. Lucía…
PEDRO. No me ofende, Tino… Lucía sabe que todo cuanto tenemos es gracias a que mi obra cotiza bien en el mercado…
LUCÍA. Creo que empezaste a beber demasiado temprano, papá…

Tino mira molesto a Lucía. Pedro se ríe.

TINO. Mañana, Pedro. Mañana sin falta me mostrará su estudio…
LUCÍA. ¡Tino!
TINO. Ya está bien, Lucía…

Lucía lo mira, con reprobación.

TINO. Discúlpela, Pedro. Suele estar de pésimo humor por la mañana.

Lucía calla, furiosa. Tino la toma del brazo con firmeza.

TINO. Y ahora vamos. El aire fresco te va a hacer bien.
LUCÍA. Mi almuerzo.
TINO. ¿Tu… almuerzo?… (*Imperioso*) ¡Ramona!

Pedro observa divertido la escena.

TINO. ¡Ramona!

Ramona acude con la cesta y mira a Tino con asombro y fastidio.

TINO. (*Tomando la cesta*) Eso es. Hasta luego.

Tino conduce a Lucía hacia la salida.

RAMONA. Qué impertinencia…
PEDRO. Carácter… Es lo que le hace falta a esa chica…

Ramona mira con severidad a Pedro, que se sirve otra copa.

IV

Atelier de Pedro. Cae la tarde.

TINO. (*Observando un cuadro*) Yo vi esta expresión de éxtasis alguna vez…
PEDRO. No es difícil suponerlo…
TINO. (*Turbado*) En una imagen, quiero decir…
PEDRO. En tantas… galerías colmadas de santos y místicos…
TINO. No… Era la foto de un hombre… sometido a una tortura atroz…

Pedro mira a Tino con curiosidad.

PEDRO. También en el dolor… puede haber un goce…

TINO. En el dolor provocado a los demás… ¿pero en el propio?

Pedro lo mira intensamente.

PEDRO. Solo quien goza infligiendo dolor a otros puede hacer esa pregunta…

Tino lo mira inquisitivo.

TINO. ¿Usted cree…? ¿Usted piensa que yo… puedo hacer sufrir a su hija?

PEDRO. Lucía no tiene nada que ver con esta conversación, Tino…

Silencio de Tino.

TINO. No soy un perverso…

PEDRO. ¡Bah! Todos lo somos… en tanto nos desviamos de la norma… ¿No es un pequeño acto de perversión, por ejemplo, que hayas salido de la ciudad cuando estaba prohibido?

Tino lo mira, con contenida exasperación.

PEDRO. ¿O que te ganes la vida especulando con algo tan obsceno como el dinero en ese negocio de…?

TINO. Es una empresa financiera, y no tiene nada de oculto o vergonzante…

PEDRO. En tiempos de mi padre se llamaba usura…

TINO. *(Enfrentándolo, con repentina brusquedad)* No sé dónde quiere llegar, Pedro, ni por qué me ofende…

PEDRO. Solo intento ser franco… y en todo caso no soy la persona más indicada para juzgarte…

TINO. Va a ser mejor que… dejemos esto para otro día…

PEDRO. ¿Vas a irte sin saber el porqué de esa mirada de éxtasis…?

Tino lo mira un instante.

PEDRO. El modelo… en el cuadro…

TINO. No sé si me interesa…

PEDRO. Está más cerca de la foto del suplicio que de la imagen de un santo…

TINO. No quiero saber más…

PEDRO. ¿No?

TINO. ¡No!

Pedro lo mira con atención.

TINO. Hay algo sórdido en todo eso, y no sé por qué se empeña en contármelo…

PEDRO. Creí que te intrigaba… De otro modo no hubieras aceptado mi invitación…

TINO. (*Empezando a irse*) Disculpe…

PEDRO. La propuesta de retratar tus manos sigue en pie…

Tino se encamina hacia la puerta.

PEDRO. Aquí te espero… si todavía te interesa lo que estabas buscando…

Tino se vuelve.

PEDRO. No sé si he llegado a ser un buen pintor, pero estoy seguro de haber sido brutalmente certero... para arrancarle el secreto a la apariencia...

Tino lo mira intensamente, y sale.

V

Noche. Ramona está poniendo la mesa. Lucía baja las escaleras.

LUCÍA. Huele bien...
RAMONA. Es conejo...
LUCÍA. ¡En escabeche!
RAMONA. Todavía te acordás...
LUCÍA. El plato preferido de mi madre...
RAMONA. No puede decirse que a tu padre le disguste...
LUCÍA. Tiene un apetito voraz...

Lucía mordisquea un pan. Ramona la observa.

RAMONA. Estuve hablando con don Atilio...
LUCÍA. ¿Don Atilio...?
RAMONA. El carnicero... Te manda saludos...
LUCÍA. Ah...
RAMONA. Se acordó de cuando eras chiquita... y me acompañabas a comprar...
LUCÍA. Hace un siglo...
RAMONA. Me contó que en el pueblo... se armó mucho revuelo... Los vieron.

LUCÍA. ¿Eh?
RAMONA. Te vieron... paseando con ese muchacho...
LUCÍA. ¿Y qué?
RAMONA. ¡La gente está asustada! Saben perfectamente lo que está ocurriendo en la ciudad... y hay mucha inquietud...
LUCÍA. ¡No tienen por qué preocuparse, Ramona!
RAMONA. Parece que se reunieron... quieren ir a hablar con el intendente...
LUCÍA. ¡Qué locura!
RAMONA. No creo que quieras perjudicar a tu padre...
LUCÍA. No entiendo...
RAMONA. De sobra sabés que sus... extravagancias... nunca fueron bienvenidas en el pueblo... A duras penas se resignaron a aceptarlo... Pero esta presencia inoportuna puede volver a alterar los ánimos...
LUCÍA. ¡Tino no es una presencia inoportuna!
RAMONA. ¡Pero no tiene derecho a ponernos en peligro cuando debería estar aislado!
LUCÍA. ¡No está enfermo!
RAMONA. ¡Viene de un basural donde todos apestan!
LUCÍA. ¿Todos?

Ramona se muerde los labios.

LUCÍA. También mi padre vino un día de la ciudad... y no parece que hayas sido tan dura...
RAMONA. Lucía... si ese hombre vuelve a rondar las calles de este pueblo... puede que ocurra una desgracia...
LUCÍA. ¡Ramona!
RAMONA. No digas después que no te lo advertí...

Tino baja las escaleras. Observa, con desconcierto, la tensión entre Lucía y Ramona.

TINO. ¿Ocurre algo?
RAMONA. Voy a avisarle al señor que está lista la cena.

Ramona sale.

LUCÍA. Escándalos de pueblo chico… Nos quieren adentro y encerrados…
TINO. No me sorprende…
LUCÍA. ¿No te asusta?

Tino la mira con curiosidad.

LUCÍA. Quedarnos aislados… y juntos…

Tino calla.

LUCÍA. Debías de estar muy aburrido para ir a pasar la tarde en el estudio de mi padre… O tal vez solo lo hiciste para fastidiarme…
TINO. Es muy posible…

Lucía lo observa, con ansiedad.

TINO. Pensé que me conocías mejor, Lucía… Basta que me den una orden para morirme de ganas de hacer lo contrario…
LUCÍA. ¿Una orden?…

Tino se sonríe.

LUCÍA. Desde que llegaste estás raro… Debe de ser el aire malsano de esta casa…
TINO. Me habías prometido aire puro…

LUCÍA. No sé si fue una buena idea invitarte…
TINO. ¿Querés que me vaya?
LUCÍA. ¡No!

Tino vuelve a sonreírse.

LUCÍA. (*Buscando su abrazo*) Tino… Intentemos disfrutar de estos días… aunque todo afuera sea tan hostil…
TINO. (*Rehusando el abrazo*) A lo mejor Ramona esté en lo cierto, y la peste haya venido conmigo…
LUCÍA. (*Insinuándose aún, penosa*) Tino…
TINO. No me toques… No me gusta cuando te ponés caprichosa…

Lucía lo mira desorientada. Aparece Pedro.

PEDRO. (*Observando a Lucía*) ¿Molesto?
TINO. Todo lo contrario. Iba a contarle a su hija que tengo los guantes de box en la valija…
PEDRO. Ah…
TINO. Podríamos hacer el retrato así…
PEDRO. ¿Pensás… volver al taller?
TINO. No me gusta mostrarme con las manos desnudas…

Lucía se dirige a las escaleras, precipitadamente.

PEDRO. Lucía… ¿no vas a quedarte a cenar?
TINO. Déjela. Solo quiere llamar la atención.

Pedro lo mira, con repentina inquietud.
Ramona aparece con la comida.

RAMONA. Conejo en escabeche… ¿Y Lucía?

Ramona se vuelve hacia los hombres, que se miran largamente.

VI

Atelier de Pedro. Luz de la tarde.

Tino tiene el torso desnudo y lleva puestos los guantes de box. Posa para Pedro, que trabaja reconcentrado.

Silencio.

Tino se lleva el guante al rostro sudado.

PEDRO. No te muevas…
TINO. Me irrita estar quieto…
PEDRO. Falta poco…

Silencio.

Tino cambia repentinamente de posición.

PEDRO. ¡Qué te dije!
TINO. Me acalambro…
PEDRO. Imposible…
TINO. Hace una hora que parezco una estatua…
PEDRO. Hora y media…
TINO. ¿Y no le alcanza?
PEDRO. Volvé a la posición…
TINO. Por hoy es suficiente…
PEDRO. Eso lo decido yo…
TINO. No le queda bien jugar al tirano…
PEDRO. Ni a vos al chico consentido…

Tino le apunta con los guantes y avanza veloz con los puños hasta terminar con un uppercut *muy cerca del mentón de Pedro, que está paralizado.*

Tino festeja su ocurrencia con una ruidosa carcajada.

PEDRO. (*Lívido*) No es gracioso.
TINO. (*De pronto, serio*) Eso lo decido yo.

Tino mira con curiosidad el bosquejo.

TINO. ¿Y los guantes?
PEDRO. Es solo un primer bosquejo…
TINO. Musculoso el torso… ¿Así soy yo?
PEDRO. No es una copia…
TINO. Sí, sí, ya sé… (*Burlonamente ampuloso*) Es… arte…

Tino se quita lentamente los guantes.

TINO. Lucía cree que vengo para fastidiarla…
PEDRO. ¿Y… no es así?

Tino mira detenidamente a Pedro.

TINO. No… Bueno, en parte también…

Silencio expectante de Pedro.

TINO. ¿No le preocupa que quiera… contrariar a su hija?
PEDRO. Creo haberte dicho que ella no tiene nada que ver con estos encuentros…
TINO. No le preocupa…
PEDRO. ¡Por qué venís!

Tino se sonríe.

TINO. Supongo que está al tanto del pánico que mi presencia ha provocado en el pueblo…

Silencio de Pedro.

TINO. Estoy… confinado… Preso entre las paredes de su casa…

PEDRO. ¡Bah! No hay que dejarse llevar por las habladurías de esa gente…

TINO. ¿Me propone desafiarlos?

PEDRO. Es lo que hice siempre…

TINO. Ya veo… Pintando torsos de muchachos… mientras afuera el mundo se derrumba aplastado por la peste… Creí que los artistas se interesaban en las tragedias de la humanidad…

PEDRO. ¡Cuánta grandilocuencia! ¿Desde cuándo tanta empatía con la desgracia humana?

TINO. No se confunda… Si vengo aquí no es para contribuir a su arte… que no me parece menos mezquino que la especulación bursátil…

PEDRO. ¿Y entonces a qué debo el honor de tu visita?

Tino se le acerca, insinuante. Pedro está visiblemente turbado.

TINO. (*Riéndose de pronto*) El tedio, Pedro… El tedio nos puede llevar a buscar nuevas experiencias…

Tino comienza a vestirse.

PEDRO. No me equivoqué cuando intuí en tus manos algo… inquietante…

TINO. (*Sonriéndole*) Peligroso, dijo…

Pedro lo mira intensamente.

TINO. (*Sosteniéndole la mirada*) Nos vemos en la próxima.

Tino comienza a irse.

PEDRO. Solo espero que ese… peligro… no se vuelva contra mi hija…

TINO. (*Tuteándolo por primera vez*) Ay, Pedro, cuánto te avejenta ese aire asustado…

Pedro lo mira sorprendido. Tino sale.

VII

Crepúsculo. Lucía bebe, mientras caen las sombras.

Entra Ramona. Se sorprende al ver a Lucía. Luego enciende la luz.

LUCÍA. Me asustaste…

RAMONA. ¿Bebiendo?

LUCÍA. Sigo el ejemplo de papá…

Ramona se sienta frente a ella.

LUCÍA. No sé qué hacer… todo el día encerrada…

RAMONA. ¿Y Tino?

Lucía la mira, y calla.

RAMONA. ¿Qué pasó con esos figurines que estabas dibujando?

LUCÍA. Están todos los desfiles suspendidos…

RAMONA. Bueno… pero en algún momento la epidemia va a terminar…

LUCÍA. Si entonces no termina el mundo de la moda también…

RAMONA. Podrías diseñar para la televisión… presentadoras… artistas…

LUCÍA. No creo que a Tino le gustara…

Ramona la mira, intranquila. Lucía desvía la mirada.

RAMONA. ¿Querés que miremos fotos viejas?

Lucía se encoge de hombros. Bebe.

RAMONA. (*Riéndose*) ¿Te acordás de esa que me sacaste saliendo de la ducha?

LUCÍA. Desnuda…

RAMONA. Después hiciste una carbonilla…

LUCÍA. Tenías lindas tetas… Raro que papá nunca te haya pintado…

RAMONA. No estaba para perder el tiempo conmigo…

Lucía la mira. Se sonríe.

RAMONA. Estás triste…

LUCÍA. No…

RAMONA. Ese muchacho…

LUCÍA. No te permito…

RAMONA. Me preocupa el modo en que te trata…

LUCÍA. No te recuerdo tan entrometida, aunque papá no solía ser muy gentil con mi madre…

RAMONA. Lucía…

LUCÍA. ¡Pero cuando se idolatra a alguien se le consiente todo lo que en otros se desprecia!

Ramona calla. Lucía se incorpora bruscamente, y va hacia el ventanal, dándole la espalda. Silencio incómodo.

LUCÍA. Ahí llega el ídolo…
RAMONA. (*Con amarga ironía*) ¿Tino?

Entra Pedro. Tiene una herida en la frente.

LUCÍA. ¡Papá!
RAMONA. (*Corriendo hacia él*) ¿Qué pasó?
PEDRO. (*Se deja caer en un sillón*) No es nada. Una piedra.
LUCÍA. ¿Una piedra?
RAMONA. ¡Lo atacaron!
PEDRO. Nada grave. Un chiquito… en el pueblo…
LUCÍA. Te lastimaron…
RAMONA. Están asustados…
LUCÍA. ¡Son salvajes!
PEDRO. Parece que el hijo del carnicero…
RAMONA. ¡Don Atilio!
PEDRO. Se enfermó…
RAMONA. ¿Se… contagió?
PEDRO. Eso dicen…
LUCÍA. ¡Ignorantes!

Pedro y Ramona miran a Lucía. Silencio.

LUCÍA. ¡Es imposible! ¡Es un absurdo! ¡Una fabulación!
RAMONA. Es la peste… que ya está entre nosotros…

Silencio. Tino baja las escaleras. Descubre a Pedro, herido.

TINO. ¿Todavía yendo por ahí a las trompadas, Pedro?

Ramona se vuelve, furiosa. Lucía lo mira con contenido disgusto.

TINO. ¿Ninguna de ustedes piensa curarlo? Está sangrando...

Ramona sale, ostensiblemente irritada.

LUCÍA. El hijo del carnicero se enfermó... e hicieron correr la infamia de que está apestado...
TINO. ¿Y no lo está?

Lucía lo mira, desarmada.

TINO. En ese caso, me habrán declarado culpable... Amenazaron con lincharme... Y el ardiente Pedro los enfrentó saliendo en mi defensa...

Pedro calla.

TINO. ¿No es así, Pedro?
PEDRO. (*Con voz sorda*) Toda mi vida me opuse a la estupidez y la barbarie...
TINO. ¡Bravo!... ¡Es sencillamente humano disfrazar nuestras miserias de heroísmo!
LUCÍA. ¡Tino!
TINO. ¿Qué pasa, querida? ¿Te molesta que haya intimado con tu padre como para poder hablarnos con franqueza?
LUCÍA. No sé qué ocurre... No entiendo todo este clima de... mortificación... desde que llegaste...

TINO. ¿De nuevo lo mismo?... Es evidente que preferís que me vaya...
LUCÍA. ¡No!

Pedro mira intensamente a Tino.

TINO. De todos modos... ahora da igual regresar a la ciudad... ya que no es posible escapar de la peste...

Tino amaga con ir hacia las escaleras.

LUCÍA. Si te vas, me voy con vos.

Tino se vuelve.

PEDRO. (*Con voz quebrada*) ¡Hija!

Lucía lo mira.

PEDRO. Lucía, por favor... Seamos razonables...
LUCÍA. ¡¿Cuándo lo fuiste?!
PEDRO. Sé que no tengo derecho a pedirte nada... Pero es suicida volver a esa ciénaga ahora...
LUCÍA. ¿Lo hacés por mí... o es porque estás loco por Tino, papá?

Pedro calla. Tino se sonríe.

LUCÍA. (*Mirándolos, desolada*) Da igual, si... No hay cómo escapar de la ciénaga...

Lucía corre hacia las escaleras cuando reaparece Ramona con gasa y un frasco de alcohol. Mira a Pe-

dro, que ha enmudecido, y a Tino, que lo observa con imperturbable sonrisa.

RAMONA. ¿Qué pasó? (*A Tino*) ¿Volvió a ofenderla? (*A Pedro*) ¿Usted no va a decir nada?

TINO. ¡Uf, cuántas preguntas! Cure a ese hombre, Ramona, se ha puesto fea esa herida.

Tino se vuelve hacia las escaleras. Ramona mira a uno y otro, con impotencia.

PEDRO. ¿Vas a curarme de una buena vez?

Ramona se deja caer en un sillón, desorientada.

VIII

Noche.

Salón a oscuras, iluminado apenas por la luz de la luna. Lucía y Tino, con aire de agitación, sentados junto a sus valijas.

LUCÍA. Sos un cobarde…

TINO. No te atrevas…

LUCÍA. Podrías haber acelerado… y ya estaríamos en camino…

TINO. Estaban armados…

LUCÍA. ¿Dos muchachos con palos?

TINO. No quise exponerte…

LUCÍA. ¡Mentira!

Tino la mira, con furia contenida.

LUCÍA. No querés volver... Tenés terror de la peste... Todo fue una farsa, una manipulación... Preferís estar a salvo en esta casa... ¡y sacrificar a mi padre!
TINO. ¡Callate!
LUCÍA. (*Tomando abruptamente su valija*) Me voy sola...
TINO. Estás loca...
LUCÍA. Yo no tengo miedo... Es mejor arriesgarse al contagio que ahogarse en esta mugre...

Lucía va hacia la salida, Tino la sujeta con fuerza.

LUCÍA. Soltame...
TINO. No grites...

Lucía forcejea. Tino la empuja con violencia y le arrebata la valija. Lucía intenta salir sin su equipaje. Tino la intercepta y la abofetea.

Pausa.

Lucía se pasa la mano por la boca herida, y lo mira, aterrada.

TINO. Me obligaste, chiquita... Sos tan terca...

Atraída por los ruidos, llega Ramona y enciende la luz.

Lucía, avergonzada, se cubre la cara y corre escaleras arriba. Ramona mira con severidad a Tino, que se sonríe.

TINO. ¡Qué suerte que llegó a tiempo, Ramona! ¿Puede creerlo? Quería huir a la ciudad... ¡sola!
RAMONA. No se le ocurra volver a tocarla... Y ahórrese sus trampas conmigo... Yo le olí la estofa desde que llegó...

Ramona toma su valija, y la lleva hasta la salida.

RAMONA. Aquí tiene su valija… por si todavía le queda algo de dignidad…

TINO. Pensé que Pedro era el dueño de casa…

Ramona lo mira, imperturbable.

TINO. Es raro tener que darle explicaciones a la sirvienta… Pero es una locura salir a la ruta con esos brutos asustados custodiando los accesos…

Ramona lo mira aún, pétrea.

TINO. Creo que es hora de ir a la cama…

Tino se acerca amenazante a Ramona, que le sostiene la mirada. Tino se sonríe, toma las dos valijas y va hacia las escaleras.

RAMONA. Me obliga a avisarle al señor…

Tino se vuelve y le arroja una mirada belicosa.

RAMONA. Y cuidado con Lucía… Voy a estar vigilándolo…

Tino se sonríe con sorna. Ramona lo mira desafiante, y se dirige hacia el interior de la casa. Tino suelta las valijas. Se pasa las manos por los cabellos despeinados.

Pausa.

Va a servirse un trago.

Se deja caer en un sillón, y bebe, inquieto.

Sus ojos se posan en el retrato en medio del salón. Se acerca y lo observa, detenidamente. Luego se vuelve, con gesto resuelto, hacia la puerta por donde salió Ramona.

IX

Atelier de Pedro, alumbrado apenas por la débil luz de una lámpara.

Pedro, el rostro aún contuso y desencajado, bebe frente al retrato inconcluso de Tino. Tino, con el arrebato de una fiera, aparece en la puerta que dejó abierta Ramona.

Pedro no se vuelve.

PEDRO. Nunca me creí capaz de pegarle a mi hija…

Tino jadea, agazapado.

PEDRO. Menos aún… que iba a hacerlo con una mano tan brutal como la tuya…

TINO. Pedro…

Pedro no se vuelve.

TINO. No voy a irme, estoy cercado, no voy a entregarme a esos locos rabiosos…

PEDRO. La rabia es contagiosa, sí… Podrían despedazarte, como a un perro…

Tino jadea.

PEDRO. O tal vez podrías enfrentarlos y reventarles los sesos… para huir a la ciudad y terminar apestado en un hospital de campaña…

Tino jadea.

PEDRO. Aunque quizá prefieras forzarnos a hospedarte en esta casa... hasta que esos bárbaros la prendan fuego y de tu reciedumbre no queden más que las cenizas...

Tino se abalanza sobre Pedro, patea el retrato y lo acorrala contra la pared.

TINO. Estoy harto de tus juegos de palabras, Pedro... Creo que vos también, si no me equivoco... Te encantaría pasar a la acción, ¿eh?... Sabés muy bien que no estoy hecho para tus simulacros de sacrificio... Me gusta la realidad, no la apariencia... ¿No es eso lo que te excita, Pedro?... Estás hastiado de mover los hilos de tus marionetas... de ser un rancio titiritero cuando te morirías por ser el verdugo... (*Le manosea el sexo con violencia*) Pero para eso hay que tener estas manos... esta ¿cómo la llamaste?... anomalía... ¿Te gusta, verdad? ¿Ves cómo fluye la sangre a tu verga? No sos más que un amasijo de carne y nervios que se mueve por instinto. Un animal. Una bestia cualquiera. Como las que faenás para servir en tu mesa. Pero más viva y caliente que todas las de tus cuadros. Esas imitaciones. Vacías. Insignificantes. No hay en ninguno de tus retratos el abismo que ahora estoy abriéndote en los ojos. ¿Era eso lo que querías, no, Pedro? Sí. Ya conocías el placer de infligir dolor a los demás. Pero yo voy a darte el goce que estabas buscando. El éxtasis del sufrimiento que el verdugo regala al torturado. Y que tu pintura apenas consigue evocar. (*Le estruja el sexo con un puño certero*)

Pedro cae de rodillas a los pies de Tino. Sus ojos lo miran con una fijeza estática.

TINO. Eso es, Pedro… como si te ofrecieras al sacrificio…

Ramona aparece en el vano de la puerta, y mira espantada la escena.

TINO. (*Sin volverse*) ¿Todavía espiando, Ramona? Te relamerías por tener a Pedro a tus pies, como lo tengo yo ahora, ¿no?…

Tino suelta a Pedro, que continúa mirándolo extático.

TINO. Te convenciste de que es mejor ser testigo que victimario…

Tino se vuelve hacia Ramona.

TINO. Pero no es cuestión de moral, Ramona… sino de audacia…

RAMONA. (*Asqueada*) No pretenda disfrazar conmigo su bajeza… Usted no es más que un miserable temblando de miedo por su vida…

TINO. (*Sonriéndose*) ¿Hay alguna otra cosa que valga la pena?

Tino va hacia la puerta. Ramona se hace a un lado, como si le repugnara su contacto. Tino sale.

Ramona mira con disgusto a Pedro, que continúa inmóvil. Luego sale, cerrando la puerta detrás de sí.

X

Amanecer.

Lucía, arrebujada en un sillón, dormita con un ronquido inquieto.

Ramona mira la sierra, que comienza a recortarse con nitidez en medio de la oscuridad.

RAMONA. Ahí está otra vez. Como siempre. Es curioso. Nunca me fui, nunca dejé de verla. Y sin embargo, cada amanecer espero que aparezca entre las sombras, como si tuviera miedo de perderla. Una vez, tu padre quiso que lo acompañara hasta la cima. Fue poco después de que viniera por primera vez al pueblo. Yo tenía quince años, y hacía tres que limpiaba y cocinaba en la casa del doctor. Pensé que tu padre me haría un retrato, porque llevaba su atril y su caja de pinceles. Pero solo quería pintar el paisaje, sintiendo el sol y el viento en la tela. Me había llevado para que lo guiara. Ese día comprendí que nunca me miraría. Y también que yo no podría abandonarlo.

LUCÍA. (*Abriendo apenas los ojos*) Ramona…

RAMONA. Aquí estoy…

Lucía vuelve a dormirse.

RAMONA. Temo por él cada vez que lo pierden sus pasiones. Pero luego me doy cuenta de que es entonces, en el pozo mismo de su degradación, cuando más me necesita. Desorientado. Hundido. Frágil como un cordero antes del degüello. Así viene a comer de mi mano. Entregado a mi voluntad, solo espera que lo cuide. Lo he bañado. Lo he vestido. Me ha obligado a reprenderlo. A darle alguna bofetada. Como a un niño malcriado.

LUCÍA. (*Volviendo a abrir los ojos*) ¿Tino?

RAMONA. Duerme...

Lucía vuelve a dormirse.

RAMONA. Descansa a sus anchas. En ese cuarto que fue tuyo. Sin remordimientos. Sin escrúpulos. Con el sueño apacible de un ángel. Cree que por temor o por lascivia, otros velarán por sus alas. El padre es capaz de inmolarse por un último instante de lujuria. Y la hija se siente avergonzada por haber consentido su violencia. Está seguro de tenerlos en sus manos. En su puño bestial y certero. Por eso duerme tranquilo. Con la confianza de quien se cree dueño de la situación.

En el vano de la puerta, aparece, fantasmal, Pedro.

RAMONA. Ha tenido mala noche...

Pedro apenas asiente, abatido.

Ramona va hacia él, y lo sostiene hasta el sillón donde duerme Lucía.

RAMONA. Recuéstese, hasta que termine de clarear...

Ramona lo cubre con la misma manta de Lucía.

RAMONA. Voy a preparar el desayuno... Un café fuerte nos va a venir bien a los tres. Tenemos que estar preparados para cuando lo vengan a buscar...

PEDRO. *(Un gemido débil)* ¿Qué?

RAMONA. *(Llevándose un dedo a los labios)* ... Descanse... Ya vuelvo...

Ramona se dirige hacia el interior. De pronto, se vuelve.

RAMONA. Va a tener que disculparme si usé su teléfono para llamar... Creo que él cortó los cables del de línea...

PEDRO. (*Con el mismo gemido apenas audible*) ¿Llamaste a...?

RAMONA. (*Imperiosa*) Cállese... Va a despertar a su hija... Bastante le costó conciliar el sueño después de lo que pasó...

Pedro mira a Lucía, con impotencia. Y cierra los ojos, resignado. Ramona se sonríe. Y sale.

XI

Mañana. Minutos después.

Lucía y Pedro sentados, inmóviles.

Ramona, frente a ellos, toma su café con tranquila autoridad.

RAMONA. Cuando vino al pueblo aquella compañía... No recuerdo el nombre de la obra... Era una historia pasional... un drama, por cierto... sobre una cantora andaluza... que renunciaba al amor porque era más fuerte su pasión por el cante... Los vestidos eran imponentes, con aquellas batas de cola majestuosas... Eso es lo que vas a hacer, Lucía... diseñar esos trajes de teatro... para cuando la peste termine...

Lucía calla, la mirada fija.

RAMONA. ¿Estás temblando? Una chica de tu carácter no debería temblar ahora... No conviene a tu orgullo...

Pedro le dirige una mira de reproche.

RAMONA. ¡Qué mala cara tiene, Pedro! Domínese. Usted es el señor de esta casa.

Tino baja las escaleras. Se sorprende al verlos reunidos.

TINO. *(Reponiéndose, burlón)* No me esperaron para el desayuno. ¡Qué descortesía imperdonable, Ramona!

Al escuchar su voz, Lucía se estremece.

LUCÍA. Tuve una pesadilla...

TINO. Y corriste a los brazos de papá... siempre tan amoroso... Aunque él también tuvo una noche agitada...

Pedro le dirige una mirada penosa.

RAMONA. ¿Por qué no se sienta a esperar, como nosotros?

Tino la mira, con un sobresalto.

TINO. (*Dominándose*) Es cierto... esa turba podría caer de un momento a otro... (*Sentándose*) ¿Quedó algo de ese café?

RAMONA. Claro, sírvase a gusto...

Tino le sonríe, con reprimida cólera, y se sirve el café.

TINO. ¿No vas a sentarte a mi lado, Lucía?

LUCÍA. (*Con voz bronca*) Me dolió...

TINO. Reconozco que en el fragor del deseo puedo ser un poco brusco... Pero no me parece de buen gusto ventilar nuestra intimidad delante de tu padre...
LUCÍA. (*Incorporándose, decidida*) Este aire asfixia...
RAMONA. (*Atrayéndola hacia sí*) Tranquila, Lucía... Queda poco...
TINO. (*Reprimiendo un nuevo sobresalto*) Supongo que se viene un final a toda orquesta... muy apropiado a tu estilo, ¿no, Pedro?
LUCÍA. Te excitaría que vinieran por la cabeza de mi padre...
TINO. No sería la primera vez, según tengo entendido...
LUCÍA. Entregaría la mía... antes de que presenciaras esa infamia...
TINO. ¿Desde cuándo tanto amor filial, querida?
RAMONA. Los finales pueden ser sorpresivos...

Tino la mira receloso.

RAMONA. ... Como en la obra de teatro, cuando la heroína sacrifica al galán...

Silencio expectante de Pedro y Lucía.

RAMONA. O cuando el ratón se come al gato...
TINO. (*Forzando una risa*) ¡Qué imaginación tan original, Ramona!
RAMONA. No es cuestión de imaginación, señor Tino, sino de audacia...

Tino mira alarmado a Ramona, que le devuelve la mirada con una sonrisa desafiante. Tino se pone abruptamente de pie, y se dirige con ansiedad hacia el ventanal.

RAMONA. ¿Ha visto alguna vez una jauría de perros salvajes? No es infrecuente verlos en la sierra. Una vez, hace muchos años, cuando yo era una niña, devoraron a un caballo… y al jinete…

Tino, de espaldas a Ramona, calla.

RAMONA. No es solo el hambre, ¿sabe? Atacan por miedo… cuando huelen un peligro…

Silencio de Tino.

RAMONA. En eso se nos parecen bastante, ¿no cree…? Andaríamos a las dentelladas, como los lobos, si no fuera porque nos rige una ley… Pero ¿qué pasaría, señor Tino, si esa ley desapareciera? ¿Se imagina, en este mísero pueblo, sin ir más lejos, si las fuerzas del orden, desde el juzgado de paz a la intendencia, cerraran los ojos a la jauría y permitieran que los perros sedientos se lanzaran a la calle?

TINO. (*Siempre de espaldas*) Te devorarían… igual que al caballo, y al jinete…

RAMONA. ¿A mí? ¿Por qué a mí?

Tino se vuelve, y dirige a Ramona una mirada temeraria.

RAMONA. Esos perros me conocen de toda una vida, señor Tino… y le aseguro que conmigo serán como cachorros…

TINO. No serías capaz de salvar tu pellejo a costa del de Pedro…

RAMONA. Al señor Pedro también lo reconocen… y aunque al principio fueron con él bastante feroces, con el tiempo se han acostumbrado a sus rarezas, y se han vuelto menos ariscos…

TINO. ¿Qué trampa es esta, Pedro? ¿Es posible que seas tan pusilánime como para resignar tus deseos en manos de esta vieja?

PEDRO. (*Con voz sorda*) Nunca estuvo mi deseo más vivo que ahora, Tino…

TINO. ¿Entonces?

PEDRO. Me muero por ver en tus ojos el éxtasis que descubriste en ese cuadro…

Tino mira una vez más el cuadro, y luego se abalanza sobre Pedro. Lucía se interpone en su camino.

TINO. A un lado, Lucía. Puedo destrozarte como a una muñeca de trapo.

LUCÍA. ¿Y por qué no lo hacés?

TINO. ¿Estás defendiendo a tu padre? ¿A este fantoche pervertido por el que no sentís más que odio y desprecio?

LUCÍA. ¿Y pretendés ser vos quien vengue los males que me hizo? ¿Vos, que no dudarías en usar tu puño brutal para matarme? ¡No sé si me repugna más el calvario que ese hombre le hizo sufrir a mi madre que el infierno que estoy viviendo desde que llegaste a esta casa!

TINO. ¿Me parece a mí, Pedro, o está mostrando los dientes la muñequita?

PEDRO. Con ella no, Tino… Te lo dije desde un principio…

LUCÍA. ¡Callate, papá! No necesito que me defiendas. No soporto ese aire condescendiente conmigo. Como de amo que se digna a acariciarle el lomo a su mascota…

PEDRO. Lucía...

LUCÍA. ¡Te prefiero implacable, como lo fuiste con mamá! Ni siquiera cuando enfermó dejaste de mortificarla revolcándote en sus narices con todas las víctimas de tus antojos...

PEDRO. No es momento para consideraciones burguesas, hija...

LUCÍA. ¡Ahí está el gran pintor, el artista consagrado, que mira a los mortales desde las alturas! ¡Cómo aborrezco tu desdén de genio inconformista, que cree estar por encima de todo y más allá del bien y del mal!

TINO. Está celosa de tu talento, Pedro... No es más que una chiquita veleidosa y mediocre...

LUCÍA. (*Fiera*) ¡La misma que va a gozar cuando te desangres en este chiquero!

El estrépito de una piedra hace estallar el ventanal.

RAMONA. Ahí están... vienen por su presa...

TINO. (*Mirándolos, con una tiesa sonrisa bravucona*) ¿De verdad creen que van a poder sacrificarme?

Ramona, Pedro y Lucía lo miran, impiadosos.

El estallido de otra piedra. Ladridos y voces que crecen.

Tino, cercado, los mira con una última mueca de incredulidad.

Oscuro en el salón y estruendo.

Solo la sierra resplandece bajo el sol.

AUTORES

Afán Muñoz, Tomás (Jaén, España, 1968). Autor teatral con una treintena de textos editados, ganador de los Premios de Teatro: Luis Barahona de Soto, Raul Moreno FATEX, Ciudad de Bailén, ASSITEJ, «Serantes» (Vizcaya), Santa Cruz de la Palma, Martín Recuerda, Rafael Guerrero, Monólogos de Canarias, Dulce por Amargo ESAD Asturias, Certamen José Moreno Arenas, Premio Literario Amnistía Internacional Andalucía, Certamen dramaturgia Luz testigo de Espacio Callejón Buenos Aires (Argentina), Premio Francisco Nieva, Premio Palencia de Teatro, Premi Castell d'Alaquas, Premio Hermanos Machado y estrenos en Italia, México, El Salvador, Perú, Chile, Puerto Rico, Nicaragua, Colombia, República Checa, Portugal, Cuba, Alemania, Brasil, Marruecos y Argentina.

Alvarado, Mercedes (Ciudad de México, México, 1984). Autora de los poemarios *Días de luz larga* (2020) y *Apuntes de algún tiempo* (2013). Autora y productora de *Y hasta la muerte amar* (2017), proyecto multidisciplinario que conjuga poesía, ilustración, música y animación 2D. Autora y productora de los cortometrajes de poesía 'Pásele, pásele', 'Amor de carne' y 'Mi abuela tenía las caderas anchas' disponibles en redes sociales. Su trabajo poético ha formado parte espectáculos escénicos en diversas ciudades en México y el extranjero, entre los que destacan Indonesia, Suecia y Noruega. Parte de su trabajo se ha publicado en revistas y antologías en México, España, Portugal y Estados Unidos.

Aranda, Verónica (Madrid, España, 1982). Es Máster en Filología Hispánica, poeta y traductora. Ha recibido los premios de poesía Antonio Oliver Belmás, Miguel Hernández, Ciudad de Salamanca y Ciudad de Pamplona, entre otros. Entre la docena de poemarios que ha publicado, destacan: *Tatuaje* (Hiperión, 2005), *Cortes de luz* (Rialp, 2010), *Café Hafa* (El sastre de Apollinaire, 2015), *Épica de raíles* (Devenir, 2016), y *Dibujar una isla* (Reino de Cordelia, 2017). También cultiva el haiku, el microrrelato y la literatura de viajes. En la actualidad dirige una colección de poesía latinoamericana actual («Toda la noche se oyeron») en la editorial Polibea.

Balabarca Fataccioli, Lisette (Lima, Perú, 1967). Es Bachiller en Literatura por la Universidad Católica del Perú y Doctora en Literaturas Hispánicas por la Universidad de Boston. Actualmente se desempeña como Profesora Asociada de Español en Siena College. Su investigación académica se centra en la literatura morisca de la Península Ibérica durante la pre-modernidad. En cuanto a creación, sus cuentos «Historia de un amor en minúsculas», «Ayuni», «Revueltas en el serrallo» e «Intención» han aparecido en las antologías *Circo de pulgas* (Lima, 2012) y *Del sur al norte* (Chicago, 2017) y en las revistas *Latin American Literary Review* (2019) e *Híbrido Literario* (2020), respectivamente.

Batet, Janet (La Habana, Cuba, 1970). Crítica de arte y ensayista. Graduada de Historia del Arte (Universidad de La Habana) y Comunicaciones (UQAM). Insiste en que el arte tiene sentido. Escribe para importantes medios de arte. En 1995, un amigo la sorprende con la publicación de una selección de su poemario todavía hoy inédito *La muerte de David*. Cuando escribe sobre arte, procura entender el mundo. Cuando escribe, intenta entenderse a sí misma. Algunos de sus poemas han sido publicados en *Las razones de la poesía*, *El jardín de Academos*, *In-cubadora* y *La Libélula Vaga*, entre otros. No le apura desnudarse el alma.

Blanco, María Elena (La Habana, Cuba, 1947). Titulada en literatura francesa y literatura latinoamericana y española (Hunter College; Université de Paris; New York University). Desde 1983 ha sido traductora de las Naciones Unidas, actualmente *freelance*. Poesía: *Posesión por pérdida* (Chile, 1990); *Corazón sobre la tierra* (Matanzas, Cuba, 1998); *Alquímica memoria* (Madrid, 2001); *Mitologuías. Homenaje a Matta* (Madrid, 2001); *danubiomediterráneo* (Viena, 2005); *El amor incontable* (Madrid, 2008); *Sobresalto al vacío* (Chile, 2015); y las antologías *Havanity/Habanidad* (Miami, 2010); *Botín* (Leiden, 2016); y *De parte de nadie* (Matanzas, 2016). Ensayo: *Asedios al texto literario* (Madrid, 1999) y *Devoraciones. Ensayos de período especial* (Leiden, 2016). Reside en Austria.

Carballo, Arlene (San Juan, Puerto Rico, 1961). Es autora de la antología de cuentos *Mujeres que se portan MAL* (2013), premiada con un Segundo Lugar en los International Latino Book Awards (ILBA) del 2016.

Tiene publicados dos cuentos infantiles: *El pelo MARAVILLOSO de la Surrupita* (2014), ganador del 1er lugar en los ILBA (2016); y *La Surrupita – Cuando una amiga se va* (2016). Ambos seleccionados por el periódico *El Nuevo Día* como entre los mejores libros del año. Ganó el Premio Nacional de Literatura Juvenil del Pen Club de Puerto Rico con su novela juvenil, *Indóciles* (2018, Editorial SM), seleccionada por El Nuevo Día como uno de los mejores libros del año y ganadora de una mención de honor en los ILBA (2019); así como el Premio Nacional de Cuento 2020 del Instituto de Cultura Puertorriqueña por su colección de relatos *La piel famélica*. Recientemente terminó su primera novela, *Violenta Belleza*, un trabajo en el que se destaca el humor, el misterio, la intriga y el comentario social. Es la fundadora de la Feria de Libros de Narradores Puertorriqueños del Siglo XXI, un proyecto que lleva escritores a las escuelas del país para crear una experiencia distinta con la literatura.

CERÓN, ROCÍO (Ciudad de México, México, 1972). Poeta, ensayista, editora y creadora transmedial. Ha publicado, entre otros, *Spectio* (Tresnubes-UANL, 2019), *Materia oscura* (Parentalia, 2018), *Borealis* (FCE, 2016), *Nudo vortex* (Literal, 2015), *Diorama* (UANL, 2012; segunda edición, Amargord, España, 2013), *Tiento* (UANL, 2010) e *Imperio* (Ediciones Monte Carmelo, 2009). Recibió en Estados Unidos el *Best Translated Book Award 2015* por su libro *Diorama*, en traducción de Anna Rosenwong (2015), el *See America Travel Award* (2005) por sus crónicas de viaje y en México el Premio Nacional de Literatura Gilberto Owen por su primer libro, *Basalto* (2000). Es fundadora y curadora de ENCLAVE. Festival de Poesía Transdisciplinar desde

2010. Desde 2008 es profesora fundadora del Programa de Escritura Creativa (PEC) de la Universidad del Claustro de Sor Juana. Es profesora de *Tránsitos. Diplomado transdisciplinario en investigación, experimentación y producción artística* del Centro Nacional de las Artes. Acciones poéticas y piezas de poesía visual y sonora suyas se han presentado en los Institutos Cervantes de Berlín, Londres y Estocolmo; Centro Pompidou, París; Southbank Centre, Londres; Museo Karen Blixen, Dinamarca; Museo de Arte Moderno, Sala de Arte Público Siqueiros, Laboratorio Arte Alameda, Galería Biquini Wax (CdMx); entre otros. Obra suya ha sido traducida a más de ocho idiomas. Actualmente es miembro del Sistema Nacional de Creadores de Arte del FONCA. Su obra puede leerse/verse/escucharse en rocioceron.com y en www.instagram.com/laobservante/

Cuesta, Mabel (Matanzas, Cuba, 1976). Poeta, narradora y ensayista. Graduada de Licenciatura en Letras Hispánicas por la Universidad de La Habana, Cuba y Doctora en Literatura Hispánica por la Universidad de la Ciudad de Nueva York. Ha publicado *Lecturas Atentas. Una visita desde la ficción y la crítica a veinte narradoras cubanas contemporáneas* (Almenara, 2019); *In Via, In Patria* (Literal Publishing, 2016, Ediciones Matanzas, 2019); *Nuestro Caribe. Poder, raza y postnacionalismos desde los límites del mapa LGBTQ* (Isla Negra, 2016); *Bajo el cielo de Dublín* (Ediciones Vigía, 2013); *Cuba post-soviética: un cuerpo narrado en clave de mujer* (Cuarto Propio, 2012); *Inscrita bajo sospecha* (Betania, 2010); *Cuaderno de la fiancée* (Ediciones Vigía, 2005) y *Confesiones on line* (Aldabón, 2003). Sus trabajos de creación y crítica literaria pueden leerse en publicaciones especializadas de Cuba, Estados Unidos,

México, Honduras, Canadá, Brasil, Colombia y España. Es profesora de Lengua y Literatura Hispanocaribeñas en University of Houston.

Domínguez, Noelia (Cáceres, España, 1977). Trabaja como lectora de español para University of California, San Diego. En 2011 obtuvo su doctorado del programa Hispanic and Luso-Brazilian Literatures & Languages en The Graduate Center, CUNY, y desde entonces investiga la contribución femenina al proceso de transición a la democracia española desde la política y la cultura. Entre sus últimos trabajos de ficción destacan «Doble tratado sobre la soledad», *Magia sanadora. Antología de literatura breve* (2019); «Protocolo de actuación en caso de sismo», *Sombras oscuras. II Antología de relatos negros (2018);* «Imágenes de un cristal», *Basta: 100+ Latinas Against Gender Violence* (2017).

Espinosa, Lizette (La Habana, Cuba, 1969). Ha publicado los volúmenes de poesía *Donde se quiebra la luz* (2015), *Por la ruta del agua* (2017), *Lumbre* (2018) y *Humo* (2019), medalla de plata en el 2019 *Florida Book Awards*, Spanish language category; y en coautoría, *Pas de Deux* (2012, International Latino Book Awards 2014) y *Rituales* (2016). Sus textos aparecen en diferentes antologías como: *Poesía en Paralelo 0 (2016), The multilingual Anthology The Americas Poetry Festival of New York (2017), Crear en femenino (2017), Todas las mujeres (2018), Escritorxs Salvajes (2019) y Nubes*, y *Poesía hispanoamericana (2019)*. Desde el 2003 reside en Miami.

Esquivia-Cohen, Gillian (Providence, RI., EUA, 1984). Es una escritora y traductora cursando la maestría en escritura creativa en el Institute of American Indian Arts. Sus textos en inglés y en español han aparecido o están por salir en *Guernica, The Kenyon Review Online, Split Lip Magazine, Crossing Class: The Invisible Wall* (Wising Up Press, 2018) y *Polis Poesía*. Actualmente está trabajando su novela titulada *What Snow Is Like*. Tiene la doble nacionalidad (EEUU/Colombia) y reside en Bogotá.

Estrada, Oswaldo (Santa Ana, CA., EUA, 1976). A pesar de haber nacido en los Estados Unidos, se identifica como un narrador y ensayista de origen peruano. Es profesor de literatura latinoamericana en la Universidad de Carolina del Norte en Chapel Hill. Es autor de diversos libros de crítica literaria y cultural. Sus cuentos han aparecido en antologías y revistas de Estados Unidos, América Latina y Europa. Suyos son *El secreto de los trenes* (UAM, 2018), basado en «El guardagujas» de Juan José Arreola, y el libro de cuentos *Luces de emergencia* (Valparaíso, 2019). Es editor y co-autor de *Incurables. Relatos de dolencias y males* (Ars Communis, 2020). Su libro *Las locas ilusiones y otros relatos de migración* (Axiara, 2020) ganó el Primer Premio de Testimonio de la Feria Internacional del Libro Latino y Latinoamericano en Tufts 2020. Acaba de recibir dos premios importantes del International Latino Book Awards 2020 por *Luces de emergencia* y por *Incurables*.

Fernández Pintado, Mylene (La Habana, Cuba, 1963). Abogada y narradora. Ha publicado los libros de cuentos *Anhedonia* (1998, Premio David), *Little woman in blue jeans* (2008), *Infiel* (2009), *Vivir sin papeles* (2010), *4 non blondes* (2013) y *Agua Dura* (2017, Premio de la Crítica Literaria); además de las novelas *Otras Plegarias Atendidas* (Premio Ítalo Calvino 2002 y Premio de la Crítica Literaria 2003) y *La esquina del mundo* (2012). Su novela *La esquina del mundo*, publicada por City Lights, como *A corner of the world*, resultó finalista del PEN Center USA Literary Award y del Northest California Books Award. Este texto fue seleccionado por la revista *Bustle* entre los nueve libros sobre Cuba para celebrar el restablecimiento de las relaciones diplomáticas entre EE. UU. y Cuba en 2015.

García-Castañón, Santiago (Avilés, Asturias, España, 1959). Es licenciado en Filología Inglesa por la Universidad de Oviedo y doctor en Literatura Española por la Universidad de Illinois. En la actualidad es catedrático de Literatura Española en Western Carolina University, de cuyo Departamento de Lenguas Extranjeras fue director durante siete años. Además de su actividad académica, es conferenciante, poeta, novelista, traductor e intérprete judicial jurado en los EE UU. Su obra crítica se centra en autores no canónicos del Siglo de Oro. Entre su producción literaria destacan los libros de poesía *Tiempos imperfectos* (1994), *Entre las sombras* (1996), *Lo que queda* (2002), *Rota memoria* (2006), *Las brasas de tu fuego* (2012), *Equis* (2013), *Las orillas de una mar incierta / The Shores of an Uncertain Sea* (2015), *Objetos desechables / Disposable Objects* (2017), *Una lejana luz* (2017), *La vida es lo que pasa* (2018) y *Las huellas de Erató* (2019), así como las novelas *El castillo de los halcones* (2004), *Vida y fabulosas aventuras de Pedro Menéndez de Avilés* (2006) y *El coleccionista* (2018). Ha sido seleccionado para representar a España en los festivales internacionales de poesía de Puerto Rico (2015 y 2018) y la República Dominicana (2017) y ha dado recitales poéticos en más de una docena de países de cuatro continentes. Recientemente ha traducido al español los sonetos completos de John Milton.

García González, Hugo (La Habana, Cuba, 1967). Licenciado en Historia del Arte por la Universidad de La Habana; Máster en Lengua y Literatura Española por St. John's University, New York City; y Doctor en Literaturas y Culturas Coloniales de América Latina por The Ohio State University. Investiga temas relacionados a la religiosidad popular cubana, el legado de África en los universos religiosos de Cuba, la producción fílmica cubana y la sátira colonial hispanoamericana. Ha publicado una edición anotada del poemario satírico *Lima por dentro y fuera* (1797) de Esteban Terralla y Landa (Universidad NM San Marcos y Centro de Estudios Literarios Antonio Cornejo Polar 2011) y artículos y capítulos en diferentes revistas y textos. También ha publicado varios poemas en textos pedagógicos para la educación primaria bilingüe en los Estados Unidos. En la actualidad es profesor de culturas, literaturas y cine latinoamericanos en el Departamento de Lenguas Clásicas y Modernas de Western Washington University.

Gómez Olivares, Cristián (Santiago de Chile, Chile, 1971). Poeta y traductor. Entre sus libros se cuentan *Alfabeto para nadie* (2008), *La casa de Trotsky* (2011), *El libro rojo* (2019) y *La pérdida de las colonias de ultramar* (2020). Fue miembro del IWP (International Writing Program) de la Universidad de Iowa, y Writer in Residence at The Banff Center for the Arts. Es profesor de

Literatura Latinoamericana en Case Western Reserve University y dirige, junto a Edgardo Mantra, la editorial 51GLO V51NT1D65, dedicada a la traducción de poesía en español.

Lechuga, Carlos (La Habana, Cuba, 1983). Cursó estudios en el Instituto Superior de Arte y se graduó de la Escuela Internacional de Cine y Televisión. Ha trabajado como director, guionista, script doctor y ghostwriter. Sus dos largometrajes *Melaza* y *Santa y Andrés* se estrenaron en los festivales de Toronto, Rotterdam, San Sebastián y han recibido varios premios internacionales. Sus obras además se han presentado en bienales de arte en La Habana, en ARCOmadrid, en el Museo Reina Sofia y en el MOMA. Ha trabajado con cineastas como Humberto Solás, Juan Carlos Tabío e Iciar Bollaín. En la actualidad sigue en La Habana tratando de levantar los fondos para su nueva película *Vicenta B.* y escribe crónicas y entrevistas para varias revistas culturales. *En brazos de la mujer casada* (Hypermedia, 2020) es su primer libro.

Martínez Reyes, Consuelo (San Juan, Puerto Rico, 1980). Es escritora, traductora y profesora titular de Estudios Hispánicos en la Universidad de Macquarie en Sídney, Australia. Completó su bachillerato en Literatura Comparada en la Universidad de Puerto Rico, hizo un máster en el Programa de Escritura Creativa en Español de la Universidad de Nueva York, y se doctoró en el Departamento de Lenguas Romances de la Universidad de Pensilvania. Sus cuentos han aparecido en revistas como *Centro Voices*, *Temporales*, *Pterodáctilo* y *Contornos*. Martínez Reyes publicó su primera colección narrativa titulada *En blanco*, en 2018 (La Pereza), la cual aparecerá en inglés bajo el título de *Blank Canvases* este año (Lazy Press).

Martínez-Sáez, Celia (Alicante, España, 1990). Es doctora en Literatura Española especializada en género y sexualidad, cine y performance. Actualmente trabaja como profesora de Literatura y Cultura Española en California State University, Fullerton (Estados Unidos). En el terreno de la escritura creativa, Celia ha publicado su poesía en revistas literarias como *El coloquio de los perros* y *Almiar.* Además, fue galardonada por el accésit del Concurso Internacional «María Eloísa García Lorca», convocado por la Unión Nacional de Escritores de España (UNEE). Asimismo, Celia fue ganadora del concurso de «poesía en Instagram» (@celia.poesia) organizado por la prestigiosa revista literaria *Zenda.*

Mejía, Silvia (Santa Elena, Ecuador, 1971). Es profesora asociada de español, literatura y cine latinoamericanos en The College of Saint Rose (Albany, Nueva York). Antes de completar su doctorado en literatura comparada en University of Maryland (College Park), Silvia trabajó como periodista para *Hoy* (Quito), *EuropMagazine* (París) y *La prensa gráfica* (San Salvador). Entre sus ensayos académicos se destacan «Is Nostalgia Becoming Digital? Ecuadorian Diaspora in the Age of Global Capitalism» (2009) y «Deconstruyendo el tropo equinoccial: *Las segundas criaturas*, o cómo imaginar una literatura ecuatoriana visible» (2016). En 2019 publicó «Monsters», su primer relato corto de no ficción.

Minguez Arias, María (Madrid, España, 1970). Autora de la novela *Patricia sigue aquí* (Egales, 2018; premio

ILBA). Sus textos aparecen en las antologías *Enviado Especial* (Hypermedia, 2021), *Locas y perversas* (Egales, 2020) y *El cuento, por favor* (Fuentetaja, 2007); y las revistas *El BeiSMan*, *Hostosiana* y *riverSedge*. María parte de su identidad como inmigrante, mujer queer, madre y escritora en español en EE.UU para explorar temas como la memoria digital, familiar e histórica, la maternidad, el lenguaje, o la cotidianeidad y la fortaleza de la vida cursada desde la otredad. María trabaja para la Editorial Aunt Lute y vive en California con su compañera e hijes.

Murcia, Raúl (Bogotá, Colombia, 1979). Es actualmente candidato a Doctor en Filosofía de las universidades de Tübingen y Pantheon Sorbonne. Obtuvo el primer lugar en el concurso interno de cuento de la Especialización en Creación Narrativa de la Universidad Central (2014) y fue finalista en el XXV Concurso Nacional de Minicuento Rodrigo Díaz Castañeda (2015). Recientemente ha publicado los cuentos cortos: «El mar y su sombra» (2018) y «El juego del turco» (2014).

Pérez López, María Ángeles (Valladolid, España, 1967). Poeta y profesora de la Universidad de Salamanca, donde trabaja la poesía contemporánea en español. Ha publicado varios libros de poemas. Antologías de su obra han sido publicadas en Caracas, Ciudad de México, Quito, Nueva York, Monterrey, Bogotá y Lima. También, de modo bilingüe, en Italia y Portugal. Es miembro correspondiente de la Academia Norteamericana de la Lengua Española, miembro de la Academia de Juglares de Fontiveros e hija adoptiva del pueblo natal de San Juan de la Cruz. Forma parte de la Asociación Genialogías.

RIVERA, JUAN PABLO (Hatillo, Puerto Rico, 1979). Es autor de *La hermosa carne: El cuerpo en la poesía puertorriqueña actual* (Iberoamericana/Vervuert, 2021). Obtuvo su doctorado en Harvard University, y su bachillerato o licenciatura en Yale. Co-editó el libro *Lección errante: Mayra Santos Febres y el Caribe contemporáneo*, y ha publicado artículos en *Hispamérica*, *Confluencia*, *Chasqui*, *Oxford Bibliographies* y otras revistas académicas. Como poeta, Rivera es autor de dos colecciones: *La fuga de cerebros* (Isla Negra, 2015) y *En invierno la batalla* (Valparaíso, 2021). Actualmente, Rivera es catedrático titular de literatura latinoamericana en Clark University, en Worcester, Massachusetts.

RODRÍGUEZ, ELENA PASIONARIA (Quito, Ecuador, 1972). Historiadora del arte, curadora, profesora en la Universidad Central del Ecuador. Candidata a Doctora en Historia del Arte, Université de Montréal, Canadá. *Dottoressa Magistrale in Storia dell'Arte,* Università degli Studi di Parma, Italia (título Summa Cum Laude). Licenciada en Historia del Arte, Universidad de La Habana, Cuba, 1995. Tiene premios por sus investigaciones sobre arte y por sus escritos literarios. Tiene varios libros publicados sobre Arte Latinoamericano (*Lo sguardo di Giano. Il dilemma dell'identità nell'America Latina*, Cagliari, 2018; *Ecuador, más allá de los conceptos*, Roma, 2012; *et al.*).

RUIZ MONTES, LAURA (Matanzas, Cuba, 1966). Es poeta, editora, ensayista y traductora. Ha publicado varios libros de poesía en Cuba y el extranjero, de los cuales *Los frutos ácidos* y *Otro retorno al país natal*, obtuvieron en 2008 y 2012 respectivamente el Premio Nacional de la Crítica Literaria. También ha publicado libros de ensayo (centrados en la literatura caribeña), teatro y literatura para niños y jóvenes. Su traducción del francés de *L'exil selon Julia*, de Gisèle Pineau obtuvo en 2018 el Premio de Traducción Literaria. Su último libro de poesía publicado es *Diapositivas* (2017). Su volumen *Grifas. Afrocaribeñas al habla*, que reúne entrevistas a treinta creadoras del Caribe anglófono, francófono e hispanohablante, se encuentra en proceso editorial en el Fondo Editorial Casa de las Américas. Es la editora principal de Ediciones Vigía y la directora de La Revista del Vigía de esa misma editorial.

Salum, Rose Mary (Ciudad de México, México, 1964). Es la fundadora y directora de *Literal, Latin American Voices*. Es la autora de *Tres semillas de granada. Ensayos desde el inframundo* (Vaso Roto, 2020), *El agua que mece el silencio* (Vaso Roto, 2015), *Delta de las arenas, cuentos árabes, cuentos judíos* (Literal Publishing, 2013) *y Entre los espacios* (Tierra Firme, 2003), entre otros títulos.

Santos-Febres, Mayra (Carolina, Puerto Rico, 1966). Poeta, ensayista, narradora y profesora de Escritura Creativa de la Universidad de Puerto Rico. Obtuvo, entre otros premios, el Letras de Oro (1996) y el Juan Rulfo (1998); resultó finalista del Premio Primavera 2017 por *Nuestra Señora de la Noche* y obtuvo las becas *John S. Simmon Guggenheim* (2017) y la *Rockefeller Bellagio Center Residency* (2018). Algunas de sus obras se han traducido al francés, inglés, alemán, croata, coreano, islandés e italiano. Es autora de los libros de poesía *Anamú y manigua (1990)*, *El orden escapado (1991), Boat People (1994), Tercer Mundo Lecciones de renuncia (2014-20), Huracanada (2018)*; y de las colecciones de cuentos *Pez de vidrio y otros cuentos, El cuerpo correcto, Un pasado posible y Mujeres violentas.* Además publicó las novelas *Sirena Selena vestida de pena* (2001), *Cualquier miércoles soy tuya* (2002), *Fe en disfraz* (2009), *Nuestra Señora de la noche* (2010) y *La amante de Gardel* (2015); y los ensayos *Tratado de Medicina Natural para Hombres Melancólicos* y *Sobre piel y papel.* En 2019 ganó el Premio Nacional de Literatura de la Academie de Pharmacie en Paris, Francia, por *La amante de Gardel.*

Valerio-Holguín, Fernando (Concepción de La Vega, República Dominicana, 1956). Estudió literatura en la Universidad Autónoma de Santo Domingo y se doctoró en Tulane University. Es Profesor Titular de literatura latinoamericana en Colorado State University, donde fue galardonado con el premio John N. Stern Distinguished Professor (2004). Ha sido invitado a dictar conferencias y a leer poesía por varias universidades e instituciones, tales como Smithsonian Institution, Libray of Congress y University of Oxford. Entre sus poemarios se destacan: *Rituales de la Bella Pagana* (2009), *Retratos* (2011), *Rapsodia de todo lo visible e invisible* (2015), *Poemas al óleo* (2017) y *Silencio de amatistas* (2018).

Vilar Madruga, Elaine (La Habana, Cuba, 1989). Narradora, poeta y dramaturga. Licenciada en Arte Teatral, especialidad Dramaturgia por el Instituto Superior de Arte (ISA). Ganadora de diversos premios nacionales e internacionales. Su obra ha sido editada en antologías a lo largo del mundo. Ha publicado más de treinta libros en editoriales de Estados Unidos, Canadá, Cuba, República Dominicana, España, Chile, Francia e Italia. Cultiva los géneros de novela, cuento, poesía, literatura fantástica y de ciencia-ficción, periodismo, crítica teatro, literatura para niños y jóvenes. Es considerada una de las voces jóvenes más importantes de la Cuba literaria actual.

Yau, Lena (Caracas, Venezuela, 1968) es narradora, poeta, periodista e investigadora. Especialista en el vínculo entre literatura e ingesta. Licenciada en Letras y Master en Comunicación Social por la Universidad Católica Andrés Bello. Asesora literaria de *El sabor de la eñe. Glosario de literatura y gastronomía* (Instituto Cervantes, 2011). Autora de los poemarios *Trae tu espalda para hacer mi mesa* (Gravitaciones, 2015), *Lo que contó la mujer canalla* (Kalathos, 2016), y *Bonnie Parker o la posibilidad de un árbol* (Utopía portátil, 2018); de la novela *Hormigas en la lengua* (Sudaquia, 2015) y del libro de relatos *Bienmesabes* (2018). Sus cuentos y poemas han figurado en antologías (*Fundavag*, *Mantis* y *Pre-textos*). Reside en Madrid.

Zángaro, Patricia (Buenos Aires, Argentina, 1958) es dramaturga y docente. Ha estrenado, entre otras obras, «Hoy debuta la finada», «Pascua rea», «Por un reino», «Auto de fe… entre bambalinas», «Tiempo de aguas», «El confín», «Última luna», «A propósito de la duda», «África, un continente», «Tango», «Dueto nocturno», y «El barbero de Suez», etc. Como dramaturgista, trabajó en el Teatro San Martín y el Teatro Nacional Cervantes para directores como Robert Sturua, Lluís Pasqual y Jorge Lavelli. Ha obtenido premios nacionales como el

«Trinidad Guevara» (1996), e internacionales como «La scrittura della differenza» (Napoli, 2008). Sus obras han sido traducidas al francés, portugués, italiano e inglés. Entre 2010 y 2020 estuvo a cargo de la dirección de la Maestría en Dramaturgia de la Universidad Nacional de las Artes, U.N.A.

ÍNDICE

www.ingramcontent.com/pod-product-compliance
Lightning Source LLC
LaVergne TN
LVHW041110080826
845145LV00007B/1752

* 9 7 8 1 9 4 8 5 1 7 6 8 3 *